日记背后的历史

王室的逃亡

小裁缝露易丝的日记 | 1789—1791年 |

Dominique Joly

〔法〕多米尼克·若利 著

郭斯嘉 译

人民文学出版社
PEOPLE'S LITERATURE PUBLISHING HOUSE

著作权合同登记号　图字 01-2019-0621

图书在版编目（CIP）数据

王室的逃亡：小裁缝露易丝的日记 / （法）多米尼克·若利著；郭斯嘉译. -- 北京：人民文学出版社，2023

（日记背后的历史）

ISBN 978-7-02-018142-1

Ⅰ . ①王… Ⅱ . ①多… ②郭… Ⅲ . ①儿童小说－长篇小说－法国－现代 Ⅳ . ①I565.84

中国国家版本馆 CIP 数据核字 (2023) 第 133830 号

责任编辑　李　娜　王雪纯
装帧设计　李苗苗

出版发行　人民文学出版社
社　　址　北京市朝内大街 166 号
邮　　编　100705

印　　刷　凸版艺彩（东莞）印刷有限公司
经　　销　全国新华书店等

字　　数　76 千字
开　　本　890 毫米 ×1240 毫米　1/32
印　　张　5.25
版　　次　2023 年 5 月北京第 1 版
印　　次　2023 年 5 月第 1 次印刷

书　　号　978-7-02-018142-1
定　　价　39.00 元

如有印装质量问题，请与本社图书销售中心调换。电话：010-65233595

序

老少咸宜，多多益善
——读《日记背后的历史》丛书有感
钱理群

这是一套"童书"；但在我的感觉里，这又不止是童书，因为我这七十多岁的老爷爷就读得津津有味，不亦乐乎。这两天我在读"丛书"中的两本《王室的逃亡》和《法老的探险家》时，就有一种既熟悉又陌生的奇异感觉。作品所写的法国大革命，是我在中学、大学读书时就知道的，埃及的法老也是早有耳闻；但这一次阅读却由抽象空洞的"知识"变成了似乎是亲历的具体"感受"：我仿佛和法国的外省女孩露易丝一起挤在巴黎小酒店里，听那些平日谁也不注意的老爹、小伙、姑娘慷慨激昂地议论国事，"眼里闪着奇怪的光芒"，举杯高喊："现在的国王不能再随心所欲地把人关进大牢里去了，这个时代结束了！"齐声狂歌："啊，一切都会好的，会好的，会好的……"我的心都要跳出来了！我又突然置身于3500年前的神奇的"彭特之地"，和出身平民的法老的伴侣、十岁男孩米内迈斯一块儿，突然遭遇珍禽怪兽，紧张得屏住了呼吸……这样的似真似假的生命体验实在太棒了！本来，自由穿越时间隧道，和远古、异域的人神交，这是人的天然本性，是不受年龄限制的；这套童书充分满足了人性的这一精神欲求，就做到了老少咸宜。在我看来，这就是其魅力所在。

而且它还提供了一种阅读方式：建议家长——爷爷、奶奶、爸爸、妈妈们，自己先读书，读出意思、味道，再和孩子一起阅读，交流。这样的两代人、三代人的"共读"，不仅是引导孩子读书的最佳途径，而且还营造了全家人围绕书进行心灵对话的最好环境和氛围。这样的共读，长期坚持下来，成为习惯，变成家庭生活方式，就自然形成了"精神家园"。这对孩子的健全成长，以至家长自身的精神健康，家庭的和睦，都是至关重要的。——这或许是出版这一套及其他类似的童书的更深层次的意义所在。

我也就由此想到了与童书的写作、翻译和出版相关的一些问题。

所谓"童书"，顾名思义，就是给儿童阅读的书。这里，就有两个问题：一是如何认识"儿童"，二是我们需要怎样的"童书"。

首先要自问：我们真的懂得儿童了吗？这是近一百年前"五四"那一代人鲁迅、周作人他们就提出过的问题。他们批评成年人不是把孩子看成是"缩小的成人"（鲁迅：《我们现在怎样做父亲》），就是视之为"小猫、小狗"，不承认"儿童在生理上心理上，虽然和大人有点不同，但他仍是完全的个人，有他自己的内外两面的生活。儿童期的十几年的生活，一面固然是成人生活的预备，但一面也自有独立的意义和价值"（周作人：《儿童的文学》）。

正因为不认识、不承认儿童作为"完全的个人"的生理、心理上的"独立性"，我们在儿童教育，包括童书的编写上，就经常犯两个错误：一是把成年人的思想、阅读习惯强加于儿童，完全不顾他们的精神需求与接受能力，进行成年人的说教；二是无视儿童精神需求的丰富性与向上性，低估儿童的智力水平，一味"装小"，卖弄"幼稚"。这样的或拔高，或矮化，都会倒了孩子阅读的胃口，这就是许多孩子不爱上学，不喜欢读所谓"童书"的重要原因：在孩子们看来，这都是"大人们的童书"，与他们无关，是自己不需要、无兴趣的。

那么，我们是不是又可以"一切以儿童的兴趣"为转移呢？这里，也有两个问题。一是把儿童的兴趣看得过分狭窄，在一些老师和童书的作者、出版者眼里，儿童就是喜欢童话，魔幻小说，把童书限制在几种文类、有数题材上，结果是作茧自缚。其二，我们不能把对儿童独立性的尊重简单地变成"儿童中心主义"，而忽视了成年人的"引导"作用，放弃"教育"的责任——当然，这样的教育和引导，又必须从儿童自身的特点出发，尊重与发挥儿童的自主性。就以这一套讲述历史文化的丛书《日记背后的历史》而言，尽管如前所说，它从根本上是符合人性本身的精神需求的，但这样的需求，在儿童那里，却未必是自发的兴趣，而必须有引导。历史教育应该是孩子们的素质教育不可缺失的部分，我们需要这样的让孩子走近历史、开阔视野的人文历史知识方面的读物。而这套书编写的最大特点，是通过一个个少年的日记让小读者亲历一个历史事件发生的前后，引导小读者进入历史名人的生活——如《王室的逃亡》里的法国大革命和路易十六国王、王后；《法老的探险家》里的彭特之地的探险和国王图特摩斯，连小主人翁米内迈斯也是实有的历史人物。每本书讲述的都是"日记背后的历史"，日记和故事是虚构的，但故事发生的历史背景和史实细节却是真实的，这样的文学与历史的结合，故事真实感与历史真实性的结合，是极有创造性的。它巧妙地将引导孩子进入历史的教育目的与孩子的兴趣、可接受性结合起来，儿童读者自会通过这样的讲述世界历史的文学故事，从小就获得一种历史感和世界视野，这就为孩子一生的成长奠定了一个坚实、阔大的基础，在全球化的时代，这是一个人的不可或缺的精神素质，其意义与影响是深远的。我们如果因为这样的教育似乎与应试无关，而加以忽略，那将是短见的。

这又涉及一个问题：我们需要怎样的童书？前不久读到儿童文学评论家刘绪源先生的一篇文章，他提出要将"商业童书"与"儿童文学中的顶尖艺术品"作一个区分（《中国童书真的"大胜"了吗？》，载 2013 年 12 月 13 日《文汇读书周报》），这是有道理的。或许还有一种"应试童书"。这里不准备对这三类童书作价值评价，但可以肯定的是，在中国当下社会与教育体制下，它们都有存在的必要，也就是说，如同整个社会文化应该是多元的，童书同样应该是多元的，以满足儿童与社会的多样需求。但我想要强调的是，鉴于许多人都把应试童书和商业童书看作是童书的全部，今天提出艺术品童书的意义，为其呼吁与鼓吹，是必要与及时的。这背后是有一个理念的：一切要着眼于孩子一生的长远、全面、健康的发展。

因此，我要说，《日记背后的历史》这样的历史文化丛书，多多益善！

2013 年 2 月 15—16 日

献给我在布列塔尼的好姐妹，玛丽-奥蒂勒

——菲利普·雅各泰

1789年，巴黎

ℒ

1789年4月15日　星期三　巴黎

　　我拿出笔和纸开始奋笔疾书。房间里静得只听得到纸、笔摩擦的唰唰声。我真希望自己能写得再快些。房东太太只给了我两小根蜡烛，可我还有好多事儿要赶在最后一根蜡烛熄灭前记下来。

　　我上楼前，她扔给我两小根蜡烛说："今晚肯定够你用的啦。"我敢打赌，你要是像我一样，经历过这一路的颠簸，肯定会倒下去就爬不起来了。

　　我是今天凌晨抵达巴黎的，随后便在屋顶的一个小房间里安顿了下来。直到拂晓时分，当马蹄敲打在城里石子路上发出清脆的响声时，我才从沉睡中惊醒。

　　我告诉自己："露易丝，重要的时刻到来了！你一定行的！睁大双眼，抬头挺胸，胆子大些！"

　　这时候，我耳边回响起教我缝纫的莫雷尔嬷嬷的叮嘱。三天前，我出发时，她对我絮絮叨叨地讲了一堆话，然后迅速地吻了一下我的脸颊便转身走了。唉！我难过的并不是离开她，而是离开那些送我到蒙托邦①驿站、站在我面前却又不知该说些什么的人。

妈妈一直在强颜欢笑，一部分脸被头巾遮住了，嘴唇在奇怪地抽动着，我一看着她，她脸上的微笑就渐渐僵住了。

神父先生站在她身旁，双手放在腹部，他身上的黑色长袍勉强能遮住滚圆滚圆的肚子。我舍不得离开神父，他是那么的和蔼可亲、乐于助人，我欠这位守护天使的实在是太多、太多了……

十年前，不幸降临到我们家头上。他第一时间就来到我们身边帮助我们，不停地安慰妈妈。那年夏天的一个午后，天气热得让人受不了，妈妈眼睁睁地看着丈夫和儿子被雷电活活劈死在园圃中。之后，布勒伊神父便出工钱雇妈妈去他家工作。一天，他无意中

---

① 译注：蒙托邦，法国西南部城市，现为比利牛斯大区所属塔恩–加龙省省会。

撞见我坐在壁炉旁撕他的祈祷书玩，于是他当即决定教我读书写字。

他从黑色长袍的口袋里掏出一个扁平的小盒子，对我说："我的小露易丝，拿着吧。你到巴黎后会用得着的……特别是你想家或是感到孤独的时候。"

我目瞪口呆地停了几秒钟，羞得满面通红。

"露易丝，你在等什么？"妈妈催我了。

我拆开盒子，里面是本中等厚度的小本子。我沉默了一会儿，心里暗自琢磨这个东西能派上什么用场；手上则用拇指从前到后、又从后到前一页页地翻着这本小木子。

我走到神父先生面前想和他拥抱道别。就在那时，他从黑色长袍的另一个口袋里掏出一个细长的盒子来，里面装着一支鹅毛笔和一小管黑色固体墨水。

他眯着眼睛逗我说："小文书的全副行头总算备齐啦！要是当裁缝挣不了什么钱，你可以去广场上代人写信为生。要知道，这在城里可是个好差事啊！"

"上车啦！大家上车啦！"马车夫大声叫嚷着。

我赶快结结巴巴地向神父道谢。妈妈在一旁不停地流泪。我把小本子和鹅毛笔都放进包袱里，里面还放了些乱七八糟的旧东西：我的布娃娃希弗蜜、黑色封皮的祈祷书、妈妈的念珠、一罐杏子果酱，还有一堆用纸包好的食物。我转身翻出红色天鹅绒小盒子（盒子的刺绣套子还是我自己缝的呢），想打开最后确认一下地址。里面放着一张被我叠起来的字条，上面写着："喷泉旁黎塞留街，圣罗什教堂，贝尔坦小姐。"

我还记得那天在布勒伊神父家里，他递给我们椅子让我们坐下，然后第一次在我面前提起这个名字。

他手上拿着一封信，说道："罗斯·贝尔坦小姐是我的表妹。她常常给我写信，这封信就是我刚收到的……她凭借着顽强的意志和不懈的努力成了巴黎广场上一位知名的妇女服饰商，她的顾客里有很多名媛贵妇……"

"神父大人，您想说什么？"妈妈好像是看着我问的。

神父继续用周日布道般的语调慢慢地说道："她要找些可靠的、不怕吃苦的、勤劳的学徒来完成顾客们的订单。"这时，他转身对我说："我想推荐露易丝去。一方面，镇上的莫雷尔嬷嬷已经教会她做针线活啦，另一方面，她快十四岁了吧，是不是可以开始做工了？"

妈妈愣住了，半天都没有说话，双手抓住围裙搓来搓去，脸上一会儿是感激的笑容，一会儿又变成伤心的样子。我呢，呆呆地坐在椅子上，神父的话在我脑海里翻来覆去，把我的头都搞晕了。

妈妈表态之前，我就猜到她会接受亲爱的神父的提议。那天晚上，回家途中，她步伐坚定，不停地感谢上苍、感谢布勒伊神父的善心。到家后，她马上动手给我准备行李物品。她从樱桃木大衣柜里拿出一叠内衣，放在膝盖上，一件件打开，仔细地在每件棉织品上用红线绣上我的姓氏。不一会儿，莫雷尔嬷嬷也加入了刺绣的行列。她为自己的徒弟能去巴黎闯荡而骄傲，但同时心里多少又有些嫉妒，所以她一会儿表示祝贺，一会儿又说些尖酸的批评。有天早上，她要求我当着她的面试穿两三条顾客不要的裙子。

"你真是太幸运了！我的小露易丝，这些裙子就像是为你量身定做的啊。"她一边把又长又大的裙子按照我的身形修改，一边虚情假意地说。

我看到镜子里的自己，怪模怪样的，完全像是从穷乡僻壤来的呆头鹅！我决定将来到巴黎后绝对不穿这种滑稽可笑的衣服！

在旅舍做活的安琪儿是我的奶娘，她像妈妈一样，对我的事情可上心了。以前，当我妈妈强忍悲痛、四处做工挣钱糊口的时候，是她无微不至地照顾我。自从知道我要去巴黎后，她做了很多我喜欢的、平时周日才能吃到的菜肴：奶油烤鸡，薄饼，烤香肠，小杏仁烤饼，等等。

她总是乐呵呵地看着我掀起炉膛上的锅盖，让我猜猜她在炖什么好东西。

"你到巴黎后肯定会很想念安琪儿妈妈的饭菜的！去吧，我的露易丝，多吃点！"她一边对我说，一边拿起大汤勺盛东西给我吃。

真香啊！我仿佛闻到空气中飘来阵阵香味！

晚上11点

我还想活动活动双腿呢，可第一支蜡烛已经熄灭了。我小心翼翼地慢慢下楼，要知道，这里阁楼的楼梯比我们那儿的危险多了。楼梯的栏杆摇摇晃晃，台阶是歪斜的，根本没对齐，脚轻轻地踏上去就咯吱咯吱响。我来到大街上，深深地吸了几口气，我真想念室外的新鲜空气。我边走边找这条街道的路牌——写着"阿扎尔街"的路牌。尽管写法不同，但是这个名字还是让我觉得是"缘分"[①]把我带到这里的。从今往后，我一切都得靠自己了。我应该为此而感到自豪吗？我将来会碰到好事还是坏事呢？"露易丝，你在说些什么啊？"我急忙打断自己的这些胡言乱语，"快上楼睡觉吧！"其实，我的脑子很累、很乱。附近教堂（也许是圣罗什教堂？）的钟声敲了十一下，我却像拂晓的大公鸡一样清醒。写字的时候，我觉得舒服多了，心中渐渐充满力量，鹅毛笔落在纸上的声音让我慢慢平静下来。我要把从离开布列塔尼算起发生的所有事情都写完才睡得着觉。

---

① 译注："阿扎尔街"拼写为 Hazard；"缘分"拼写为 hasard。在法文中，这两个词为同音异义词。

　　马车到雷恩^①了，我离家也越来越远了。我得在庄严肃穆的布列塔尼议会宫旁边换乘另一驾马车了。这可是一驾王家驿马车（大家都这么叫它），神父先生以前就跟我说起过这种马车。

　　马车继续又走了三天。我可受够了。特别是在勒芒^②换乘第二辆车以后，一个脾气暴躁的女人坐到了我旁边。她一路上不停地说话、骂人，又训斥马车夫不能及时避开路面上的车道沟……为了让她稍微平静点，我只好装睡。其他时间，我就打开包裹，取出念珠，以最慢的速度拨一拨、数一数。圣母玛利亚，请宽恕我用这种方法来抵御邻座滔滔不绝的声浪。要知道，这可是让她闭上嘴巴最有效的方法。有几次我伸手到包裹里拿念珠的时候，手都碰到了神父送给我的小本子。我拿起本子，再把它放下，再拿起来……马车在一望无际的博斯^③地区行驶着，窗外的景色一成不变，我快要被这单调的行程闷死了。我终于忍不住

---

① 译注：雷恩，法国西北部城市，现为布列塔尼大区和伊勒-维莱讷省的首府。
② 译注：勒芒，法国西北部城市，卢瓦尔河大区萨尔特省的首府。
③ 译注：博斯，法国境内的一处平原。

把小本子拿出来放在膝盖上。我用墨条沾了沾口水，开始写字。笔慢慢落在纸上，鹅毛笔写出的字体有粗有细，看上去还不错呢。我越写越觉得有意思，开始觉得神父先生也许是对的。写字，是一种记录日常生活、把自己的想法写下来、和自己谈谈心、整理思路的方法，的确是个好主意。

马车驶进最后一个驿站——隆瑞莫①（距离巴黎五古里②、在奥尔良路上）时，我已下定决心要坚持写日记了。将来回到布列塔尼时，我要把所见所闻读给玛丽听。她可是和我一起喝安琪儿妈妈奶水长大的好姐妹，还是她把机会让给我来巴黎的呢。

我们分开的时候，我拉起她的围裙边帮她擦干眼泪，边向她保证："我会告诉你我所有的经历的！决不食言！"

马车冲进一个昏暗、泥泞的院子里，空气中混杂着麦秆和马粪的味道。车上的乘客都明白：我们到了。我赶紧从包裹里面拿出装着重要地址的天鹅绒

① 译注：隆瑞莫，法国城镇，位于埃松省，在巴黎附近。
② 译注：法国的长度计量单位，每古里约合四公里。

小盒子，并从行色匆匆的旅客、坏脾气的马车夫中挤出一条路来。一位穿着讲究的小姐立刻向我走过来。（难道从乡下来的女孩子在人群中一眼就能被看出来吗？）

"你就是露易丝·美德雷阿克吧？"她都不需要听我的回答就继续说，"我是阿黛拉伊德，贝尔坦小姐托我把你带到离这儿不远的住处去。"

一路上她没跟我说什么话。看她的样子，我明白是自己害她那么晚还不能回家睡觉。我一手提一个包裹，跟着她闷闷不乐地走过昏暗的街道和潮湿的石子路。我打了个寒战，这里真是冷飕飕的啊。我只想赶快躺在属于我的床上休息，至于这个地方究竟在哪儿，我已经不在乎了。

4月16日　星期四

我感觉自己走路的时候脚步都站不稳了。一天之内就发生了那么多的新鲜事儿！响亮的钟声标志着一天的开始。天亮之前我已起床等着人们敲钟了。主要是我怕起晚了。阿黛拉伊德小姐很严厉，她通知我说："八点钟，我准时在你楼下等你，可别让我等哦，我还要带你去店里呢！"

我实在是没力气把今天看到的、遇到的所有事情都写下来。我今天太累了，感觉跟走了五古里崎岖的山路差不多。

房东太太很和蔼。在她的帮助下，我搬了些木头到房间里来。壁炉里的旺火可真让人觉得舒服啊！我写字的时候，汤就放在炉膛上慢慢炖着。我包裹里还有一个包得很严实的小兜，里面有点面包、半个洋葱、一小块肥肉。真走运，居然还有东西吃！

今天白天时间过得飞快。回想起早上阿黛拉伊德小姐带我走进店的那一刻，我的心就怦怦直跳。我一迈进店里（商店的名字很奇怪，叫大莫戈勒），就发现有十几双眼睛盯着我看。每个女学徒面前堆满各色面料，她们一声不吭地埋头苦干。我从旁边经过时，她们才会抬起头来。

韦莎尔小姐带我走进一间小房间后让我坐下。她告诉我说自己是店里的主管，贝尔坦小姐不在的时候，所有事务都是由她负责打理。她还向我介绍了店铺的情况，我越听越吃惊，眼睛也睁得越来越大。据她说，店里的订单不仅来自外省、外国，还有来自凡尔赛宫的！服饰店的长期顾客中，最尊贵的要数法兰西王后——玛丽·安托瓦内特。然后，她带我参观老板娘接待贵妇们的会客厅。真是让人叹为观止啊，我忍不住发出了惊讶的叫声。从天花板到地面，从墙上到镜框、画框上，会客厅里到处都是金光闪闪的镀金装饰。

"这些画像上的人物可都是给我们店里带来无限荣耀的贵客啊。露易丝，你看，是不是有很多名人？你看到我们尊贵的王后了吗？就在贝尔坦小姐旁边！"

她边走边对我说，之后又带我回到小房间，向我交代工作时间以及工钱等事宜。

她说："这份工钱在巴黎可是算比较高的了！"

最后，她强调一个好裁缝应该做到：眼神好，手指灵活，腿脚灵便。

不一会儿，我来到缝纫车间里，坐下去的时候我感到自己头晕目眩、双手发抖。毫无疑问，我来到了一个特别的地方。我能否胜任这里的工作呢？我有这样的能力吗？

直到韦莎尔小姐把一条精棉衬裙拿到我面前要求我锁边的时候，我悬着的心终于放下了。我迅速完成了工作。坐在我对面的女学徒注意到了，她抬起头来看看我，冲我微微一笑。坐在我旁边的女孩却向我投来斥责的目光。我什么地方做错了吗？

4月19日　星期日

我觉得自己的房间似乎没有刚来那天时那么冷清了。屋里有个壁炉，而且房间离饮水处也不远（送水工每两天来补充一次饮用水），隔壁房间肯定是没那么好的。我的房东迪布瓦太太初次带我上楼的时候就忙不迭地向我介绍这两大好处。

"而且你每个月只要付五个银币①就行啦。"她补充道。

可是没多久，我就发现这是一笔不小的支出。要是我没算错的话，我每天有十五苏的工钱、一个月共有十八个银币，扣除这笔开销，我只剩十三个银币了。这点钱除了要用来解决吃穿、供暖的柴火，还得想办法存一些下来。

房间里摆着一张粗陋的床板，上面铺着草褥，一张供我写字用的小桌子，一个胡桃木五斗橱，两把草椅以及一只净水桶。我试着重新摆放这些东西，看能不能腾出点地方来。可是不管怎么挪，房间都还是那么局促。

我做完弥撒走在回家的路上时，想起自己把念珠忘在包里面了。现在，包就挂在我的床铺上方，我觉得基督耶稣随时都在照看着我，就好像每个房间里都挂了有耶稣像的十字架一样……

暖空气从我打开一条缝的小圆窗里涌了进来。难道春天到了吗？可不幸的是，暖空气里面夹杂着浓烈

_____

① 译注：法国古代的记账货币，一个银币相当于一古斤银的价格。

的味道。这味道和我刚到巴黎时就被呛到的气味完全一样，是一种难以言说的混合着潮湿、腐烂气息的味道。我想我永远也闻不惯！

4月21日　星期二

早晨，缝纫车间里的气氛有些异常，甚至是焦灼。女孩们都在窃窃私语，韦莎尔小姐大步大步地踱来踱去。穿着仆从号衣的看门人立正站在车间外面的黎塞留街人行道上。有什么事儿呢？

我很快就反应过来了，是老板娘回来了。不久，只见她昂头挺胸地走了进来。她看上去很高傲，也很有能力，眼神犀利。她看了看大家，目光在我这张生面孔上停留了片刻。接下来，她伸手摸了摸店铺主管打开给她看的布料，并对她用信任的口吻说了几句话便转身走开了。

"真没意思！"一个名叫玛丽的倔脾气女孩说道，"我觉得将会有很多活计要压到我们头上来啦。"

"这是给你讲故事的人告诉你的？"在我隔壁做

活的妮侬笑着回应她的话。

玛丽没时间回答她。由于时间紧迫，老板娘和她的两个亲信又折回来说：“你们不是不知道时间紧迫，很多行业不景气，钱也赚不到。所以我们不该抱怨工作繁重……全国三级会议①召开的日期越来越近了，还有两周就要如期交付所有订单了。我们还得完成王后在揭幕礼上穿的裙子、贵族代表们佩剑上的绸结，还有各式礼服……”

老板娘说话的时候，大伙儿都惊讶地看着玛丽，她是怎么猜到会有很多活计要我们做的呢？

贝尔坦小姐继续以长官的口吻向大家训话：“你们赶快干活，专心点，我们店铺的名声可不能有一丁点损坏哦！”

迟些时候，她让我到她的私人会客厅里去。此时，她仿佛变成另外一个人，没有刚才那么威严了。不过，她还是考验了我一番：我紧张得连气都不敢大声喘！

① 译注：法国大革命前，社会被分为三个等级：第一等级为神职人员（僧侣），第二等级为贵族，第三等级为市民。

"从这儿走到壁炉那儿，慢点儿……现在快一点……俯下身去，就像要捡起掉在地上的手帕那样，再站起来……把背挺直，抬起下巴。好了！"她终于结束了对我的折磨。"我的小露易丝，你是我表哥大力推荐来的，他在信里对你赞不绝口，我想你应该很快就能学会这里的活计，会好好干活的。我们的客人都有自己的习惯、爱好，当然她们也很善变……你得仔细观察她们，然后满足她们的需要……"

她跟我近距离说话的时候，我偷偷地观察她。我发现她脸部的线条很匀称，只是不够灵动；两侧颧颊上的红晕暴露了她出身农户这一事实。她其实是一个身形高大粗壮、成熟的女士，只是她宽大的裙子刚好优雅地美化了这一切。蓝灰色调的打扮与她的眼珠颜色、扑了粉的齐肩鬈发都很相衬。我猜这位女士一定有着钢铁般的意志。幸好，她像母亲般的神态和呵护都让我的心稍微安定了些。

"拿着，这些裙子给你穿！"她出去一会儿回来后对我说，"你穿上它们就赶上巴黎的风尚了，你也是代表着贝尔坦服装店的形象的，我们可是给王后做裙子的服装店哦！"她边说边把领子竖起来。

她摊开三条用精美布料剪裁缝制的裙子给我看，颜色真漂亮。我高兴得叫了起来，跑上前去亲了她一下。看到我满心欢喜，她微微一笑，便叫我回缝纫车间与其他女孩会合。

4月23日　星期四

车间里，大家都干得热火朝天。我们一整天都埋头处理堆积在桌上的布料，不停地穿针引线。太阳落山时，大家都觉得异常疲惫，提不起精神来干活了，于是开始嬉笑打闹起来。韦莎尔小姐对此根本没有办法。她拿着木尺不停地敲打桌面，对我们怒目而视，她咬紧双唇，每次都说同一句话："各位小姐们！各位小姐们！钟声还没敲响，快点干活，顾客们可不能等哦。"

有些学徒还咯咯地笑了一会儿，另一些则收起脸上的笑容再次干起活儿来。

虽然车间里乱哄哄的，我头也晕了，但我还是喜欢待在这里。我好像是站在旋转木马的中心轴上，周围都在不停转动，只有我是相对不动的。各类供货商来了又走，我完全搞不清楚他们是卖什么的。是皮货商，还是卖大头针的商人？是卖花边饰带的商人，还是制帽商、又或是羽毛加工商？老板娘和她的心腹分别接待地位、头衔不同的客人。这些客人们的到来主要是确认我们完成订单的进度以及让我们不敢聊天。王后的裙子很神秘，从开始缝制起，裙子就用塔夫绸遮住，好像里面有人一样！

我喜欢布料窸窣的声音，不论高级密织薄纱、纱罗、绉绸、镂空花织缎，还是毛葛、平纹料子……普通也好，金贵也好，我都喜欢！我其实是通过触摸和闻味道来认识各种面料的，并不是通过它们奇怪又难记的名字来熟悉它们。

坐我对面的妮侬很照顾我。她看出我就像只刚离巢的雏鸟一样懵懵懂懂的……我大着胆子试着干了点活，她立刻点头肯定、鼓励我。每天吃点心的时候，她都坐到我旁边来，小心翼翼地打开放在膝盖上的布包，拿出一块面包来慢慢吃。有时候，我要是说出家乡话来（就是我们布列塔尼的方言），她就会目瞪口呆地看着我，然后扑哧笑出声来。她的快乐总是能感染身边的人，我和她在一起很舒坦。

那个名叫阿黛尔的漂亮女孩总是用冷冷的目光上下打量我。会不会是因为昨天她刚祝贺过我后，老板娘就让她拆掉重新缝一遍呢？还是因为妮侬亲近我冷落了她呢？

说实话，我们两个在一起真的很开心：我们的性格合拍，而且总是笑个不停。

"这是个好性格。"我妈妈老这么说，"我的露易丝，那些小事能带给你欢笑，这没什么不好。"

我一心盼着星期天早点到来。可还得再等两天。我亲爱的妮侬有天告诉我她有一个想法。

一天晚上，我们下班从缝纫车间出来的时候，她问我："你为什么不跟我一起去'三个埃居①饭馆'上班呢？饭馆就在附近……每周日晚、大弥撒结束后，我都会去饭馆帮老板娘也就是福赦大妈准备晚餐。要是你来的话就好了，多个人多双手！"

---

① 译注：埃居是法国古代的钱币名称。

我惊讶地皱了皱眉头，一言不发地听着她继续说：“工作的时间不长，活动活动双腿不是挺好的吗？我们整天坐着工作，都没机会动一动！而且，你还能再挣点小钱，给在乡下的妈妈寄回去！”

那天夜里，我仔细想了很久，我觉得她说得对，特别是想到妈妈一直都很辛苦地做活，到神父家打扫卫生、做饭，还得兼顾农场里的活计……我身体健壮，也不怕劳苦。好吧，就这么定了，我去做这份工！

4月28日　星期二

可恶的布勒伊神父！但愿上帝正好捂住耳朵，没有听到……我之所以说他不好，是因为我来巴黎后，觉得自己每晚都得坐到桌子前写日记，我就像每晚被拴在木柱上的小羊一样。描述所闻所见是件好事，可是也确实是件苦差事！

今天，缝纫车间里的所有人都很兴奋。是因为大家得一刻不停地穿针引线做那些堆积如山的活计吗？

是春日的阵阵暖风吗，还是大家都在谈论的新鲜事？可能都有一点儿吧……

贝尔坦小姐一早就出发去凡尔赛宫了。她小心翼翼地抱着平时用塔夫绸罩住的王后的裙子，带去宫里给王后试穿。想到我的老板从这儿出发后，过几个小时就能见得到、摸得着王后，还可以向她微笑，和她讲话……我心里还真有点激动呢……对于我这个刚从布列塔尼来巴黎两周的小学徒而言，这可真是一件不可思议的事！

老板娘一走，大家就七嘴八舌地议论开了……话题还不少呢：这几天阿黛拉伊德小姐的脸庞都消瘦了，大莫戈勒服装店最有力的竞争对手博拉尔店里传来的闲话，雷韦永店铺被盗……

上周日在饭馆的时候，就有人谈起偷盗的事儿了。我想是那位面包房里的师傅说的，他的面包房被一群饿得眼冒金星的人哄抢一空。饭馆里的男人们喝了几杯酒后，一个个把双肘杵在桌上，脸上的神色格外凝重。

他们中的一人说："1789年可真是最糟糕的年份，

所有的粮仓都空了。我们怎么熬到明年粮食收割的时候呢？在乡下还能想想办法，可是住在城里的话该怎么办啊？我们会不会都活活饿死？"

"没那么快的，朋友！"另一人反驳他说，"你知道吗？再过几天就要召开全国三级会议了。有些代表会为我们说话的，他们可是代表我们这些人民群众的啊！"

"全国三级会议能让我们的碗里有面包吃吗？"第三个人吼道，"你说说看，开这个会能改变什么？"

这些人不停地喝酒，不停地说话。我每次去给他们倒酒的时候，他们呼出来的酒气都让我很不舒服，妮侬时不时地朝我眨眨眼，鼓励鼓励我。她看到我有点羞怯，笨手笨脚的。

"以后会慢慢适应的！"福赦大妈也这么对我说，"拿着，这是你的工钱。"

这周日的话题嘛，我敢打赌肯定是围绕昨天在雷韦永店铺里发生的事展开的。玛丽耶特在缝纫车间里说起这件事的时候，脸色都发白了。昨天，她的小弟弟被卷入惊恐万状的人群中，他拼命挣扎想逃出来。

士兵们向一群怒火中烧的工人开火，他们从实心卷纸厂的窗户里扔出许多家具、玻璃来还击。孩子是怎么被找到的？还真是一个奇迹！玛丽耶特整整一夜都头顶湿布，冒着大火四处搜寻弟弟的身影。一路上，死伤的有数十人，一半工厂都被烧焦了。

4月30日　星期四

尽管我很疲倦，可还是埋头做着活儿。这几天老板娘把我们都逼得很紧，活儿一直干到晚上十点钟，长裙、帽子、短裙、头巾，这些东西在我们手中飞速传递。我们忙得连饭也顾不上吃，后来实在饿得不行了就狼吞虎咽地塞几个点心进肚，肠胃也不太舒服，但还得一声不吭地干着这些没完没了的活儿……

不过，我还剩点力气来讲一件高兴的事儿。我敢肯定，贝尔坦小姐挺看重我的！

有一回，我到储藏室里去搬一匹布的时候，正好碰见她，她看我的眼神特别亲切。

"我的助手们告诉我说你学得又快又好。要坚持哦，小姑娘。你是有天赋和能力的。继续努力……"

我必须得承认，自己听到她的夸奖时像喝了蜜糖水一样，心里甜滋滋的。真开心！多好啊！

"我的露易丝，骄傲可是原罪之一哦！"妈妈要是知道，一定会这么说。她还会竖起食指、皱着眉头跟我说："谦虚些！谦虚可是小老百姓的财富。它能让你保持头脑清醒，你得学会保持谦虚！"

尽管如此，一想起老板娘对我的肯定，我就挺高兴的，她的话让我对工作充满热情。

5月4日　星期一

我们一直等到黄昏时分才把老板娘和阿黛拉伊德给盼回来。她们俩昨晚连夜赶到凡尔赛宫，按照王后最后一次试穿的效果修改裙子。出发前，她们终于松口告诉我们：上衣是紫色的，裙子是白色的，上面缀满银色的亮片，和头上插着鹭毛的钻石发带相呼应。我们大伙儿都骄傲地仰起头来：这三样东西可是多次经过我们双手呢，上面到处都有我们的印记！

贝尔坦小姐回来后，没说几句话。她看起来疲惫不堪，只说全国三级会议开幕的仪式队伍非常豪华气派，之后她就直接回家了。阿黛拉伊德则花了好多时间跟我们描述她的见闻。她兴奋得两眼发光，我们的心在很长一段时间内也随着她滔滔不绝、说个不停的两片嘴唇不停地上下翻飞。

阿黛拉伊德首先强调，她之所以能看到如此华美的场面，主要是靠王后开恩，让她登上了皇家广场临边的观礼阳台，那可是一个不错的观看位置。照她的说法，站在那儿，一切一览无遗。在她隔壁阳台上站着的是诺曼底公爵和罗亚尔夫人这两位王室成员。头戴羽毛软帽的宫廷贵妇们都挤在敞开着的窗户边往外看，建筑物的正面挂着白色的壁毯，上面有金色王冠的图案，成群结队的人攀爬到烟囱旁、屋顶上，宽阔的街道上铺着细沙，两旁站着法兰西卫队和瑞士卫队，他们身后是密密麻麻的人群。听阿黛拉伊德的描述，会让人觉得几乎所有法国人都聚集到了那里，大家的心脏都跟着代表队伍进场时庄重的步伐而跳动。

当一百二十名三级代表随着音乐入场时，阿黛拉伊德
承认自己激动得热泪盈眶。她和下面的人群一样拼命
鼓掌欢迎第三等级的代表们，并且高声呼喊"第三等
级万岁！"在她看来，身穿黑色服装的先生们气宇轩
昂、庄重得体，甚至比身后头戴羽毛礼帽，满身堆砌
金银珠宝、花边蕾丝的贵族们还更有气质。确实，当
贵族们刚一入场，人群就一下子沉默了。她觉得在静
默中前行的贵族们像极了教堂里的神职人员。直到听
到四周响起"国王万岁"的呼叫声，阿黛拉伊德才
意识到国王正走过来。当时她根本看不清国王什么
样，他周围都是官员、头目、侍卫、公爵、公主……
不过她认出王后来了：她身后有位夫人帮她拉着长拖
尾裙，头上的羽毛轻灵地飞扬在空中。王后走在国王
的左边，前进的步伐相当威严庄重，后面尾随着多位
公主和宫廷贵妇。人群里几乎全是嘈杂的欢呼声，就
偶尔冷不防地冒出一两句"国王万岁，王后万岁"。
可以肯定的是，整个开幕入场仪式中，王后都不是
主角！

　　最后，阿黛拉伊德还讲了在场的民众都很激动，

心中满怀希望。她自己也觉得接下来肯定会有不少大事发生。会议结束的第二天，这些人就聚在一起立刻动手做事了。她说得那么有把握，我们对她的话都深信不疑。之后，我们便轻手轻脚地回家了。

5月7日　星期四

所有巴黎人都伸长脖子，眼睛盯住凡尔赛宫。大家都快患上斜颈病了。车间里、马路上、商店里，大家都在议论全国三级会议，当然，主要是议论第三等级的代表们。那天，他们给人留下了深刻的印象，大伙儿也根据这个印象来评判他们。大街上，办报人、评论时局的文人们十分活跃：他们向往来的行人兜售三分钱的报纸，号称里面载有"崇高的第三等级"的所有举动。只有相信他们的人才会买！我怎么可能相信这些无稽之谈呢？我对政治一窍不通，况且布勒伊神父一直对我说要远离政治。如何相信少数人能改变全局呢？如何解决现在根本无法改变的贫困现状呢？现在每天都有很多人像被弃养的动物一样活活饿死！有天晚上，妮侬送我回家，走到街角的时候，我们第一次亲眼看到一个衣衫褴褛的影子在地上蠕动。福赦老爹之前接到别人的消息，赶了过来，可惜能做的也只是最后帮他合上眼。

"每天都有几十个人这样死去……短期之内情况根本不会好转！"福赦老爹眼中充满愤慨地说道。

我离开的时候觉得很压抑，无法呼吸，双手颤抖。在这里生活的穷人和平民真是太艰辛了！这座城市好似一头怪兽，能够把一切都化为乌有……无处不在的噪音、灰尘、熏天的臭气、垃圾、烂泥形成的旋涡把一切都卷走了。根本没办法从中逃脱！我的心情很沉重，觉得一切都很灰暗。我很难适应巴黎的生活，更没法忘记家乡。我好想家！写作不能减轻我的痛苦，与布勒伊神父所说的完全不同，只不过我已经习惯写点什么了，所以我就继续写吧……今晚写不了多久了，我的最后一支蜡烛马上要熄灭了。

5月11日　星期一

昨天，我和妮侬手挽手逛街时，费了好大的劲才从众多流动商贩中挤过去，发现了我找了很久的卖蜡烛的小贩。他满头大汗，背着一个很重的大背篓，里面装满大小、长短、粗细不同的蜡烛。我挑了五支中等大小的蜡烛，妮侬在旁边讨价还价，讲了好久……就在这个时候，有个小男孩从我们旁边经过，他吆喝着卖他脖子上缠绕的死老鼠！买来吃？还是买来把它们撕碎？我吓得叫了起来，赶快跑开了。正因为这样，我和妮侬走散了，最后还是先看到她手中的蜡烛才发现她的。她把蜡烛举过头顶神气活现地挥舞着。妮侬用同样的价钱买了十支蜡烛，不是五支哦！真棒！

她是怎么把价钱压下来的呢？她没回答我的问

题，而是微微一笑。好吧，这不重要！重要的是，我可以信守诺言继续把我的各种想法记在纸上啦。现在，我承认，写日记是我一天中最快活的时刻。

5月13日　星期三

今天，我陪同韦莎尔小姐去给住在勒加尔街的雷卡米耶伯爵夫人试穿裙子。我发现自己受到了老板娘的优待。倔脾气的玛丽让大家都注意到了这一点。老板娘命我出发的时候，她清了清嗓子。其他学徒都抬起头来。玛丽对目光阴沉的阿黛尔使了个眼色。这两人因为心里都很嫉妒，所以结成了同盟。我得当心点，她们有可能会使出什么坏招。妮侬特意叮嘱我小心点，她的直觉很准，看事情也很准！

马车朝塞纳河方向驶去，我上车后就把她们忘了个一干二净。我的脸紧紧贴着车窗，目不转睛地看着窗外的风景，生怕有一丁点遗漏。脸颊也兴奋得发红。我到巴黎已经一个月了，这还是第一次穿过巴黎城呢！

上午的街道上人声鼎沸，就像是一个不断发出嗡嗡声的蜂箱。车兜里装满蔬菜的马车从中央菜市场方向过来，正朝新桥慢慢驶去。我转头看罗浮宫长长的建筑群，宫殿的窗户不断反射着塞纳河的波光。此时的河上已停满了各种各样的救生艇、桨划小船、洗衣船、货船等等。用马在岸上拉的客船上已载满乘客，时不时放下一截缆绳；渡船不停地在两岸间摆渡。桥上竖着一座铜雕，是亨利四世威风凛凛地骑在马背上，雕塑的底座周围都被钉上些门板变成了店铺。店家正忙着开门做生意。左岸上狭窄、昏暗的小巷消失在杂乱无章的石头屋顶中。要穿过这个热闹、拥堵的街区得费不少时间。来到谢尔什-米迪街后，空气好了许多。气派的大木门里应该住着些阔气的主人。很快，我们到了。这里是圣-日耳曼区，大莫戈勒服装店的大部分贵族女客们不在凡尔赛宫的时候都住在这儿。

临勒加尔大街的院子里铺上了石块，身穿绿色号衣的仆从们走到我们面前。他们已经认识韦莎尔小姐了，她是这里的常客。仆人们把我们带到一间客厅里等候女主人。我们等啊等，得拿出十二万分的耐心来等啊……壁炉上镀金的钟每隔一段时间就欢快地报时。我们被遗忘了吗？又过了一会儿，一个面无表情的仆人带我们来到另一间会客厅。这间会客厅比刚才那间还要漂亮，我要好好欣赏一下。摆放在柔软的波斯地毯上面的，是用珍稀实木做的、外形优美雅致的家具，泛着光泽的威尼斯镜子、绘画、多枝烛台则放在墙裙上面。到处都是黄金啊！

雷卡米耶伯爵夫人终于出现了。她连一句道歉都没有，只顾着看为她缝制的裙子，然后高兴地大叫：

"这个亲爱的贝尔坦小姐！真有天赋！太有才华了！"

我们在她周围随时听候她的差遣。我们是谁并不重要，重要的是得完完全全随她使唤……

仆人点燃壁炉里的柴火，一位贴身女仆也上来帮伯爵夫人试穿新裙子。就在这时候，一个年轻的姑娘闯进房间里来，看都不看我们一眼。

"加布丽埃勒，我的孩子，过来看看我们'时尚部长'的最新杰作！"

　　这个被叫作加布丽埃勒的女孩撇了撇嘴，慢慢地走了过来。她似乎对女仆正端过来的热气腾腾的热巧克力和金黄松软的小面包更感兴趣！

　　过了一会儿，刚才根本无视我存在的伯爵夫人抬起眼来看了看我，然后叫她女儿给我些甜点吃。香气扑鼻的食物让我的口水都快流出来了。加布丽埃勒递了一个小面包给我，她高高在上的姿态让我顿时为自己感到羞愧难当。面包很香甜，但同时又混杂着苦涩的味道，那是侮辱的味道。

　　为什么这些人仅仅是因为"出身好"就如此倨傲？为什么我们总得向他们卑躬屈膝？

　　　　　　　　　　　　　　5月15日　　星期五

　　今天真是幸运的一天！我收到布勒伊神父的信，他向我描述了大家的近况，我太开心了。好幸福！看到这些字，我觉得自己并没有远离我爱的这些人！

　　今天早上在缝纫车间的时候，老板娘把信递给我。神父写给我的信是附在给她的信里一起寄过来的。我赶快把信塞进胸衣里，等到独处的时候再读。回去做活后，我把信拿出来至少看了五遍……我喜欢它的味道，也喜欢把它放在我的脸颊上。

妈妈从神父家的楼梯上摔了下来，神父对此很担心。她大腿上有一个瘀青的印子，膝盖也扭伤了。凯迪亚克镇的理疗师可真了不起。他给妈妈的伤处敷了几次颠茄糊剂，结果现在，妈妈又像只兔子那样活蹦乱跳了！

复活节那段时间，整个国家都不太平。近郊乡镇的农民们都聚在一起围猎，他们走遍田野、葡萄园、荒地……最近两个月以来，一头野兽闯入农场的鸡窝、羊圈大肆破坏，人们每天都发现被咬得七零八碎的母鸡和绵羊。男人们老抓不到它，只抓到几只狐狸。大家都不太相信破坏农场的是这几只狐狸，传闻也愈加危言耸听……据说有人在距离镇上一古里、一个叫布耶尔的地方看到一个体形庞大的动物，它背上长了很多刺，尾巴也很长。神父先生认为那是一条龙，但不是圣-乔治龙（传说圣-乔治龙最终仍被人打败、制伏了）！我一听就知道他在开玩笑，亲爱的布勒伊神父啊……一想到他笑眯眯的小眼睛、笑起来就颤抖个不停的圆肚子，我就想笑。

5月24日　星期日

今晚，我的腿脚一点儿也不听话。应该是我白天把它们使唤得太厉害了！先是在小饭馆里一刻不停、来来回回地走了好几个小时，之后又去王宫花园和杜伊勒利宫散了好一会儿步。要知道，我有很长时间都没走过那么长时间的路了！

空气温暖、清新，略带香气：春天来了！还在小饭馆的时候，我就盼着早点收工。每次开门的时候，我都要克制住往外冲的想法，我多想跑出去玩一玩、跳一跳啊。在这里，我只能端着热气腾腾的大汤碗在不同的桌台间奔走，听着客人们无聊的谈话。饭馆的小角落里，两个男人讲话的声音异常响亮。他们紧握拳头敲打桌面，以上帝和众神的名义发誓说："将来一定要改革，哪怕要用上火药和热血！"福赦老爹与他们看法一致，不过他要他们小声些，因为他们实在是太吵了。妮侬给我使了个眼色，我摘下围裙。我们俩决定手挽手地出去走走，呼吸呼吸这个街区的新鲜空气。

我开始熟悉这个街区了。我住的那条街附近纵横交错的小巷已经不会再让我迷路了，可是一旦过了小场街、圣-奥诺雷街，就是另外一回事了。妮侬先拖着我朝王宫走去。

"巴黎的男男女女都会去那儿集会。"她说的时候绕着我转了一圈，"怎么样啊……你今天的样子还行，我可以带你一起去！"她最后笑着总结说。

我从没想过王宫那边可以容纳那么多人！长长的石头建筑围成一座庭院，里面是个花园，园中巧妙地建了一个大喷水池和美丽的花圃。今天下午，密密麻麻的人群拥到这里，经妮侬指点，我看到他们都很激动。栗子树开花了，白色的花瓣片片展开，树下人群分别围着大胆发表演说的人们。在洒满阳光的走道上、长椅上、座椅上、拱廊下的露天咖啡座上，在花花绿绿的帐篷下面，人们都在议论纷纷……无论在何处，总能听到这些词：赤字夫人①、面包、宫廷、骚

---

① 译注：当时法国民众给挥霍无度的玛丽·安托瓦内特王后取的称号。

乱、吃人的女魔头、代表……

"人们说那儿是整个王国的心脏所在地。在大家得到消息之前我们就知道了。这也合乎常理。这儿是奥尔良公爵的产业：他富有、强悍，一直想要取代他兄弟登上国王的宝座。他开始有点动作了：煽动民众、激化能激化的所有矛盾……"

妮侬好像知道得挺多。我听得目瞪口呆，脚下不敢有丝毫的懈怠。

"我是从老板娘那儿知道这些的……对了，她得当心点儿了，人们开始像讨厌王后那样讨厌她了。一周前，在小饭馆里，有人说：'到处都有人活活被饿死，服装店的贝尔坦却在为不知道给王后设计什么裙子而发愁，就是她让王后这个奥地利女人陷入梳妆打扮中不能自拔！'露易丝，仇恨可是一点就燃的啊……我一想到这里，就感到很害怕……"

忽然间，一向爱说笑的妮侬神色变得严肃起来。我们进入杜伊勒利大花园的时候，她自己转了一圈，又神奇地恢复了往常高兴的模样。的确，眼前的景象让我们彻底忘记了所有的忧虑。

啊，我从未见过有这么美的地方！花园宽敞、气派，数条林荫道从中穿过，园中好几个地方还有修剪成球形的黄杨木，除此之外，还有很多花坛、雕塑……

从平台上往下看，巴黎城美极了：杜伊勒利宫庄严的正门，尽管看起来好像没人住一样，教堂的钟楼和穹顶高耸入云，上面缀有石桥的塞纳河像灰色的飘带穿城而过。我牢牢记住自己看到的一切，以便能在将要写给布勒伊神父的信中原原本本地讲给他听。哎呀，我得赶快动笔了！

5月26日　星期二

今天我们在缝纫车间里笑翻天了。纳莉夫人和她的侍从们没预先通知就来店里了。阿黛拉伊德赶忙迎了上去，这位夫人动不动就重复自己可是给王后朗读文书的女官。老板娘的助手们立刻向她行礼，并且请她到一间单独的会客厅里挑选，这是与她的级别相应的待遇。在这段时间里，各种面料被不断地拿进拿出。阿黛拉伊德抱着不同的珍贵面料进进出出，我看到其中几匹布的颜色是淡巧克力色，紫红色，棕褐色，皇家蓝宝石色，等等。尊贵的客人决意换下现有的全副行头，购置一系列全新的夏装。鉴于她在宫廷的位置，她需要适合不同场合的得体的衣裙。适合上午穿着的服饰、去教堂的服饰、出席晚宴的礼服、外出的衣裙、看演出的衣裙、出席舞会的礼服、打猎的猎装、参加别人婚礼的服饰……她们一样样地解释给我听，每样服饰都有一个名字，可我现在想不起来了。这些讲究的人有一套标准，他们对琐碎的事很执着，有时甚至让人觉得过分了……不过这些，正是所有供货商的幸福所在！

我们听到这位贵客时不时地放声大笑、高声喧哗，或者是发出赞叹的叫声，她带来的小狗也在一旁乱叫。真吵！

这还没完呢！我们正安安静静地做着针线活儿，

这位夫人风风火火地闯了进来，大声尖叫："皮普奈！皮普奈！"

陪在她身旁的是一位穿得漂漂亮亮的年轻姑娘，夫人一边尖叫一边找小狗，她的叫声和犬吠声一样吵："看看，小狗狗！你浪费了我们不少时间哦！你在哪儿？快出来！"

话音未落，我们都钻到桌子下面帮她找小狗。玛丽耶特突然捉住我的腿，还以为抓住小狗了。她还没来得及宣布自己的胜利，我就已经从她手中挣脱出来，于是她尖厉地怪叫了一声……那声音大得连外头大街上的人都听到了！这对我们来说可是好玩又难得的休息。一堆堆的布料都被翻开了，每个隐蔽的角落都找过了，可还是不见皮普奈的踪迹！

陪同纳莉夫人的年轻女孩叫奥尔唐斯，她才是小狗的真正主人。她惊慌失措，不停地跑来跑去，机械地重复同样的动作。她每次都朝我跑来，好像有块磁石把她吸引到我身边来一样。我伸手去拿旁边一堆零头衣料下面的衬裙时，手指碰到了一团又沉又热的东西。

"找到了，您的小狗在这儿！"我大声说。

奥尔唐斯盯着我看，双手一把抓住刚才睡着了的、嘴巴被套在衬裙里的小狗。大家忍不住笑了起来，这场面实在是太滑稽了！

"不过……你口音像我们家那边的人。你从哪儿来的？"奥尔唐斯问我，她的笑容很灿烂。

"我是从雷恩到圣布里厄途中一个叫凯迪亚克的小镇来的。是一个很小的小镇！"

"上帝啊！这怎么可能！我父亲正是凯迪亚克镇的拉沙佩勒杜鲁侯爵。我们来自同一个地区！"

"奥尔唐斯！我亲爱的，可别让我再等了，今晚我们还有重要的事儿呢，我可得打扮得像样点！"头戴花边软帽的纳莉夫人一边摇晃着脑袋一边说。

我很不情愿地目送可爱、亲切的奥尔唐斯离开店里。她跟我说起我们的布列塔尼时，我心里欢喜极了！可这有什么用呢？她是我们那儿领主的女儿，而我，只是一个农家女、一个小学徒。有什么能够拉近我们之间的距离呢？

@

6月1日　星期一

今天，店里停工放假一天以庆祝圣灵降临节[1]，终于可以好好休息啦！

我昨天累死了。一大早先去做弥撒，之后就在小饭馆里忙个不停地上菜、收拾桌子，一直到傍晚钟声敲响时才喘了口气。

福赦夫妇早就提醒过我们："圣灵降临节那天的活儿可多了，做都做不完。你们就别想出去散步了，我们需要你们做帮手！"

到了下午四点钟，"三个埃居"饭馆里挤满了客人。

我不停地把炖羊肉块配蛋奶送到各桌去，到后来一闻到这味道我都恶心了，可还有很多人不停地推门

---

① 译注：又称五旬节，是基督教节日，为纪念耶稣复活后差遣圣灵降临而举行的庆祝节日，在复活节后第五十天。

进来找座位……妮侬挤过来，凑着我的耳朵说她哥哥和几个朋友坐在角落那桌。他们在等我们下班。

七点钟，我听见钟声敲响了，终于可以松口气了。我不是很情愿地跟在妮侬、她哥哥以及他的一个朋友后面走出了饭馆。我好想回去躺在床上休息啊！

日落时，沿着塞纳河两岸散步是件很舒服的事。妮侬的哥哥马塞兰很内向，让他开口讲话可不是件容易的事儿，他的朋友朱斯坦则跟他完全不同，一直在那儿说个不停。这人话可真多啊！他们两人都跟一个在圣-马尔塞勒街区的细木工匠学手艺。其实只要看看他们的手，就能猜到他们是干吗的了。他俩的手粗糙、有力、难看。刚才一起玩打水漂的时候我正好看到他们的手。我打水漂的时候，疲惫一扫而光，我挑的石子很好，能擦着水面跳很远。我觉得自己仿佛回到了家乡的小河边，和好姐妹玛丽她们在一块儿，多么快乐的时光啊！

6月2日　星期二

真是太幸福了！我只能跪下感谢圣母玛利亚，感谢她对我的圣宠!

今天,是我十五岁的第一天,我有一个绝好的消息。

两天后,我将陪贝尔坦小姐去凡尔赛宫拜见王后。是的,是的,就是王后,玛丽·安托瓦内特本人,法兰西的王后,波旁王朝路易十六的妻子!

"我不习惯说夸奖的话,不过你的确学得很快,对待工作也格外认真。我对此很高兴。周四你陪我去凡尔赛宫。我要把王后陛下向我们订制的衬衫裙送去给她试穿,这是第一次试穿……"

我都快激动得晕过去了。我跪在她面前高兴地欢呼道:"小姐,我实在是太荣幸了!"

"起来吧,我的小露易丝,你晚些时候再谢我吧!"她马上回答说,"现在快回去工作吧!"

等到吃东西的时候,我才把这个消息告诉妮侬,因为我不想让消息那么快就传到玛丽和阿黛尔这两个坏蛋的耳朵里。她们以后总会知道的。

妮侬的反应大大出乎我的意料。我走到她身边告诉她这个秘密时,她只是简单地说了句:"啊,好!"不是嫉妒,她不会的,也不是冷漠。这两天,她心不在焉，不知道在想什么。她在搞什么呢？

6月4日　星期四

我放眼望过去，到处都是金灿灿的黄金，我的心里却充满悲伤……为什么会有那么多完全不同的情况并存于世上呢？今天，最残酷、最不公的贫困出现在我面前；最不可思议的财富、闻所未闻的奢华也展现在我的脚下。谁能接受这样的并存呢？

在去凡尔赛宫的路上，贝尔坦小姐跟我说了很多话。她活泼的语调能够起到安神的效果。我实在没法掩饰心中的紧张，于是她不停地安抚我。她回忆起自己的经历，目光炯炯。二十年前她第一次踏入凡尔赛宫；几年后，她在王妃婚礼上第一次见到她本人，也就是从那日起，她与王妃结下了深厚的友谊。贝尔坦小姐与我说话时像是在和一个知心朋友聊天那样，完全敞开心扉，真诚而充满信任。我很感动，又有点得意，当然还有点不安！她还告诉我说王后很脆弱，有点神经质。最近，她在安装了移动镜子的漂亮小客厅——小特里阿侬厅——里都有幻听了。老板娘说，厅里的镜子可以任意从上面滑动到下面，完全遮挡住窗户。把镜子滑动到不同高度就可以巧妙地利用光线，以取得最佳的装饰效果。我马上就想到王后照镜子的时候，会看到自己的身体在一面镜子中，而头则在另一面镜子中，看起来似乎是身首异处一般。这确实很有可能！不过，可不能让贝尔坦小姐看到这一幕，因为她肯定搞不清楚这是怎么回事儿！

想到这里，四轮马车也停了下来。原来我们在路上遇到了一些乞丐试图拖住车厢乞讨，马车不得不减速四五次。最近，巴黎的大街小巷里，乞丐越来越多，面包越来越少，价钱也越来越贵！

外面传来几声尖叫，继而是沉重的钟声。出了什么事？

一个面色苍白、有一双绿色大眼睛的妇人站在台阶上，脸贴着马车窗户叫道："把我的孩子拿去吧，他已经受过洗礼了！您救他一命吧。我快不行了，这样下去，他不是饿死就得冻死……"

我们看到她怀里用破布裹着的婴孩时，脸色唰地一下白了。老板娘马上从她的包里拿出写字的工具，在一张小纸条上潦草地写了个地址，折叠后又放了个金币进去，最后一起塞到那位骨瘦如柴、嘴里不知道在说什么的妇人手中。

在接下来的路途中，我们俩相对无言。妇人的不幸深深地烙在我的心上，老板娘的心情也因此变得沉重。妮侬曾经告诉过我，老板娘没成家也没孩子。这个婴儿是不是重新勾起了她心中的苦痛？

我从马车上下来走入凡尔赛宫的大理石院，随即被眼前的景象震撼了。看到如此精雕细琢、美轮美奂的地方，我整个人都惊呆了；威严的宫殿让人头晕目眩，惊讶应该是很正常的反应……当然，还有很多别的东西呢！

我尽量保持镇定，贝尔坦小姐轻快地走过迷宫一般的走廊、沙龙、楼梯、通道。估计把她的双眼蒙上她也能找得到路！我看到一些穿着刺绣衣服的朝臣会集在几个不同的门口。他们在等什么呢？还有，他们中有小贩、商人、乞求者、访客。周围镜子一照，他们人数又翻了几番。我和老板娘就像往回游的三文鱼一样，不惜一切代价逆人群而上！

一位优雅、低调的妇人走到贝尔坦小姐面前，用轻柔、信任的语气对她说："陛下不在，她很抱歉。她今天一早就去默东①了，王储时日无多，她要守护在他身边。我自己心里也很乱……"

听到这些话，我愣住了，巨大的失望涌上心头，就这样傻傻地站在人来人往的走廊里。老板娘把裙子送进房间里去了，我坐在外面的软垫凳上等她。透过高大的玻璃窗，我看到外面是一个巨大的公园，远处有条波光粼粼的运河不知流向何方，整个宫殿和园景都非常华丽、气派……一路上有那么多人饥寒交迫、奄奄一息，这里却那么奢华，是不是有点过分了呢？当人们备受丧子之痛折磨时，再来看这华美的一切，会不会觉得可笑而微不足道呢？

6月5日　星期五

全国上下都知道了王储的死讯，缝纫车间里也不

———————————
① 译注：法国城镇，位于上塞纳省。

例外。沿着黎塞留街叫卖的小贩们把这个消息传得街知巷闻，我们仍旧埋头在布堆里干活。下午四点钟，巴黎圣母院的大钟敲响了哀伤的丧钟。外面的路人停下脚步，男士们纷纷摘下帽子。

不一会儿，宫里的桑图夫人来了。她嗓门很大，接待厅的门半开着，我们大伙儿都听见她的话了："凡尔赛宫现在成了悲伤之地！死气沉沉，像沙漠一样！伤心啊！我们的国王真令人敬佩……他拒绝在圣德尼教堂举行丧礼，因为费用太过高昂。取而代之的是，他要人们做上千遍的弥撒以让孩子的灵魂得到安息。他还颁布法令，在接下来两个多月的时间里禁止色彩艳丽的着装……到夏天再恢复常态！"

听到这些话，我们都忍不住笑了起来，只有玛丽还竖着耳朵仔细听，生怕错过一丁点儿消息。

"嘘！嘘！你们闭嘴！"她急吼吼地对我们说。

"当然，最害臊的是那些老家伙。他们得知丧事后就翻出自己在十五年前、路易十五国王去世时穿的丧服来了。穿上旧丧服后，他们神色愁苦，就和那些掉了颜色的羽毛一样难看、过时！我敢打赌，你们会收到如潮水般的订单。车间里的女孩不愁没活计做了！"她压低声音说。

我们所有人都抬起头来，不高兴地撇撇嘴……又有好多活要压到我们身上了！

6月7日　星期日

原来如此！我明白了！妮侬和朱斯坦恋爱了！今天，他来饭馆找妮侬。我提议从杜伊勒利宫那边的塞纳河岸走到香榭丽舍大街，他们心不在焉地答应了。一路上，两人看对方的神情都怪怪的，时而哈哈大笑，时而互相追逐、逗弄对方。我立刻决定走到前面去，离他们远点儿，他们实在是很想两人单独在一起。这事我居然不知道，我有点难过。为什么妮侬没告诉我呢？平时，她可是想什么就说什么的！

6月10日　星期三

上次来过店里的桑图夫人又来了……这一次她

的话比上次还要多。阿黛拉伊德命我帮她一起给桑图夫人试裙子："修改裙子也是我们这个职业的一部分。老板娘想带你去凡尔赛宫，可她还没教过你怎么调整、修改裙子呢……现在，就由我来教你吧！"

我没吱声，马上拿好插满别针的小靠垫，再把上面的别针按顺序整理好。贝尔坦小姐在的时候，她根本就插不上话，可现在，她抬头挺胸，故意显得自己很重要。她想要让我乖乖听她的话……这一幕可真滑稽！

桑图夫人站在镜子面前，我们围在她身旁。她又开始滔滔不绝地说话了。她跟我们说了些凡尔赛宫的新闻，好像我们迫切地想要知道一样。

她仔细描述了丧礼的细节，王室出发去马尔利城堡，新王储搬入刚过世的哥哥的套房……

"新王储只有四岁，"她强调说，"他还不明白新头衔的含义。刚开始知道哥哥去世的消息时，他哭成了一个泪人，可没过多久，他就高兴得直拍手，就因为哥哥的狗归他了。好像这只狗叫穆夫莱！"

我马上想到我们大家在车间里到处翻找的、著名的皮普奈。它们的名字很相似，两只小狗肯定认识吧！

6月19日　星期五

这段时间，外面到处都很乱……那些不担心的人一定会反驳说，也不是第一次这样了，一切都会解决的！

我很难同意这种说法……每天，大家都众说纷纭。怎样才能保持冷静呢？

让娜说："昨天，据说有人把一大批武器藏在运咖啡豆的桶里想运进巴黎城来。在昂费关卡站岗的哨兵发现马车夫神色有异、行为可疑，便把剑刺入大木桶中检查，结果发现里面藏有武器。"

每天都会听到这类故事。我们有一搭没一搭地听着，心里还操心着自己得做的活……

幸好这几天车间里的气氛特别欢快。有一个叫罗西娜的新学徒加入到我们中间来。她是个不折不扣的调皮捣蛋鬼。刚来的头两天，她沉默寡言的，就睁着一对大眼睛到处观察。然后，慢慢地，她开始说几个词。现在，她像是已经在这儿待了好几年一样随意极了。她喜欢笑，喜欢扮小丑。只要阿黛拉伊德、伊丽莎白·韦莎尔离开工作间，她就胆大包天了，跳上桌面，惟妙惟肖地模仿这两位的神态。今天上午，我们都笑作一团！大家都忍不住哈哈大笑！我眼泪都笑出来了。贝尔坦小姐突然进来的时候，她就迅速滑到自己座位上去，幸好没被发现！这个罗西娜可大方啦。她真不该来学缝纫，而应该去当演员！我明天得告诉她去！

6月21日　星期日

凡尔赛宫里，一系列大事情正在发生。虽然我不太明白，但我还是重复一下今天在小饭馆里听到的话。

第三等级加入了一个以铁腕著称的党派。上周三，他们宣布把自己的名字定为国民议会。他们宣称之所以叫这个名字是因为他们把人民的代表集合在一起。人民则是指生活在这个王国的人口总数，即在整个民族中占绝大多数的民众，不含贵族与神职人员。因为就所占比例而言，这两个等级都是极少数。

昨天，还发生了一件更夸张的事情。国王命令关闭第三等级的会议室。于是他们只好转移到网球场上去，并在那儿庄严地宣誓，我这儿就逐字重复一下这句话吧（到处都有人在说，我都可以背出来了）："决不解散，直到确立宪法。"饭馆的一个客人向我解释说宪法如同写下来的规章，规定王国政府的运作。还是有点难懂……不管这个规章是什么，在当时激愤的情况下，一个叫米拉博的人勇敢地同国王的代表说："您去告诉您的主子，我们是遵从人民的意愿聚集在这儿的，除非用刺刀赶我们走。"

还有，从昨天开始，国王不再被称作"法兰西国王"了，而是被称为"法国人的国王"。

福赦老爹说，人们是通过改变用词来改变想法的，而只有改变想法才能改变事情……他说得肯定有理……

时局变化得很快，饭馆里的客人们都很激动。围在柜台前的客人比往常都多，他们在聊、在评论。他们每过一会儿就会举杯大声说："为人民的尊严干杯！""为国民议会干杯！""为宪法干杯！""为米拉博和刺刀干杯！"直到下午四点，他们才散去。福赦大妈兴高采烈地数着钱，她今天做的菜和圣灵降临节那天的菜一样好吃！她多给了我一枚铜板，当然也多给了妮侬一枚。我离开饭馆的时候，好多人都喝得烂醉如泥躺倒在地，我不得不从他们身上跨过去。

7月1日　星期三

面包变得越来越稀有、昂贵，却越来越难以下咽。今天早上，我和迪布瓦太太一起去离这儿不远的雅各宾市场买东西。我们得挤过汹涌的人群，双脚还得不怕被踩疼。那些手里挎着菜篮子的家庭主妇组成了一道坚实的人墙，她们紧紧连在一起往前走，那架势一看就是：宁死也决不让人过去！

好不容易轮到我们了，我们却大失所望！只剩四五个难吃的圆面包了。都是些以前没人想要的山楂面包、谷糠面包。

我们后面的一个妇人高声叫道："给我些麸皮面包，这总比什么都没有强！你们别挑食了，再过几天，可能就没吃的了……至于戈耐丝面包，你们就别做梦了，早就私下卖光了，如果有也是清早六七点就没了！"

另一个女人接着说："很简单！所有的谷物都被储藏在有守卫的谷仓中，这段时间我们能干吗呢？当然只有等待啦。我们等得越久，情况对他们就越有利，因为价钱会涨个不停……"

排队的人们纷纷表示赞同。迪布瓦太太没多买。她轻轻地推了推我的手肘，要我赶快拿好我们的战利品跟她走……

路上，她对我说："我看情况不妙……物资匮乏的时候，人群最早都是在巴黎的面包市场里集会的。各派头目都在那儿碰头、高声演说，让大家听得心痒痒的，之后便是骚乱。你看着吧，露易丝，迪布瓦太太一般不会弄错的！"

此时此刻，她让我想起镇上的安琪儿妈妈，她总是能准确地预言不好的事。

不管那么多了，晚上，也就是八点的时候，我咬了一块面包，边嚼边煮汤。我放了甜菜、豌豆、蚕豆、胡萝卜来炖汤。味道很香，可是房间里真是热得让人受不了。风能起到的效果就是把火拨得更旺，房间里到处是烟。

明天，我要问问迪布瓦太太天特别热的时候可不可以请她帮我准备晚饭，我可以多付她几个钱……这样，我还可以隔三岔五地买点东西来配着吃，比如：干鲱鱼、小葱醋渍煎鱼、小扁豆、李子干等。这些都是我爱吃的东西！

7月7日　星期二

据常来店里的客人说，现在的凡尔赛宫里风起云涌。代表先生们点燃了大家的激情，接下来谁都没法预测形势会如何发展。车间里，每个学徒都在不断地重复劳动，可总是有一种隐隐约约的忧虑让大家眉头紧锁，只有妮侬和罗西娜除外。只要大家一谈起政治，妮侬就高兴得拍手称快；罗西娜则只顾着玩：穿上刚做好的裙子帽子装扮成别人，身上裹些布料装成公爵夫人，捉弄供货商，等等。

她每次做小丑样的时候，妮侬和我都去门口给她把风。我都不敢想象阿黛拉伊德或者韦莎尔小姐看到罗西娜这副样子的反应。罗西娜惹得大家忍俊不禁、狂笑不止，真是太好玩了！当然有时候她的表演不太符合玛丽和阿黛尔的品位。这两人只能生气地摇头，或者勉强挤出笑脸……看到她们的样子，我猜想说不定将来她们会去告密。

"这不可能！"妮侬告诉我说。每次看到阿黛尔充满敌意的目光，我总觉得要小心点。

7月10日　星期五

形势越来越紧张。紧张的氛围笼罩在我们头上。快要窒息了。

凡尔赛宫和巴黎城里到处都是士兵和大炮。好像这几天，步兵与骑兵都在不断汇聚到巴黎周围的高地：默东、圣克卢、蒙马特。军校旁边的马尔斯广场①就像是一个兵营，四周架设着好瞄准市区的大炮。据军官们说，这些军事设施是为了保卫巴黎市民、给守卫军队提供补给而设的。

事实上，国王拒绝承认所有他不在场时定下的决议，他准备反击，召集了大量的他国军队。法国护卫队不再听从他的命令，士兵们与人民站在同一战线，他们把军刀插回鞘中，不听指挥或者直接和聚集在一起的人群干杯，大喊着："祝国王与代表们健康！"

人们的心情异常激动，到处都是乱哄哄的。两天前，人们揍了一个女人一顿，起因是她居然敢朝深受我们爱戴的大臣内克尔②先生吐痰。没过多久，在咖啡馆里，一位神父因为讲了第三等级的坏话而被迫下跪道歉。他在众人的呵斥声中被押送着走了好长一段路……

---

① 译注：坐落于巴黎，著名的埃菲尔铁塔耸立在此。
② 译注：内克尔，法国路易十六客卿，生于日内瓦，曾数度出任法国财政总监。

兴奋的背后是恐惧。妈妈常说，恐惧会让人丧失理智，会让人心生邪念，会让人不择手段、不留余地。其实真正应该畏惧的是这种恐惧！

7月12日　星期日

今天白天过得特别艰辛。压在我心口的是劳累还是焦虑？我捧了些水洗脸，再在脖子上、手臂上洒了些水，想要降降温，可是没用，我还是很热！该怎么办呢？

小饭馆里面，正是晚饭点，大伙儿忙得不可开交。兴奋的人群突然闯了进来，大声宣布："内克尔被辞退啦！国王昨晚把他给辞退了！"

现场的人都惊呆了。片刻的安静之后，指责声顿时四起，接着是吵闹声和愤怒的吼声。我端着热气腾腾的汤碗不停地在各桌之间穿梭，我听到他们说人民失去保护他们的父亲了。

现在，谁来保护我们呢？谁能阻止面包的价钱不断上涨呢？国王为什么要这么做？这些问题在人群中蔓延开来，却没有答案。局势越来越紧张，大街上，到处都听得到嘲骂声、欢呼声："我们的大臣万岁！人民之父万岁！"

福赦老爹和往常不同，他一言不发、脸色铁青、神色凝重，不停地给酒盅添满酒……

他嘴里嘟嘟囔囔，像是自言自语地说："明天，就是下雹一周年的日子了，去年的这场雹把所有的收成都给毁了……肯定会有事发生，另一场更猛烈的暴风雨就要来了！"

那边，朱斯坦和马塞兰到了。他们一进门就被卷入激烈的讨论中……大家越说越激动，最后变成我们等他们俩了！

内心的不安让人无法待在家里，我们出门朝王宫那边走去。这个时候，也就是下午四点钟，太阳还很烈，整个巴黎都沸腾了。今天和往常的周日不同。大街小巷里都是人，花园里也有很多人在闲逛，大家都想要打听最新的消息。到了王宫那边，我们跟着人群走到一棵栗子树下。一个头发凌乱、领带散开的男人正对着一群激动的人群发表演讲。

"公、公民们，我、我是从凡尔赛宫来的！"他结结巴巴地说，"今晚，军队就会从马尔斯广场出发来屠杀我们。现在，一刻都不能浪费了！我们只有一条出路：拿起武器，戴上能让我们识别出是自己人的帽徽。什么……你们想要什么颜色的帽徽？代表希望的绿色，还是在美洲大陆上代表自由的蓝色？"

激动的人群立刻摘下栗子树矮枝上的叶子，把它们插在帽子上或是别在纽扣洞上。妮侬的双颊泛出激动的红晕，朱斯坦帮她把帽徽卡在她白色的花边帽上。我赶快把帽徽塞进上衣里面，它把我身上挠得痒痒的！

演说家说："所有的好公民都像我一样……拿起武器！"话音未落，他就被大家抓举起来，众人向他齐声欢呼。

"他叫卡米尔·德穆兰①，是米拉博代表的一个朋友！"有人说。

人群开始行动了，不断地有人加入其中，队伍越来越壮大，气氛越来越高涨。从王宫出来的时候，队伍一分为二：一部分人在演说家的带领下朝各条大道

---

① 译注：卡米尔·德穆兰（1760—1794），法国记者、政治家，在法国大革命期间扮演重要角色。

走去；另一部分人则朝杜伊勒利宫拥去。我们就跟在后一队人群里。忽然，路易十五广场那边传来一阵吵闹声。一队龙骑兵突然出现了，他们向人群发起进攻。狂怒的人群不断尖叫、咒骂着，他们捡起石子，拿起椅子、瓶子反抗。

我也不知道这一切持续了多长时间。我浑身发抖，躲在一棵粗壮的树干后，远远地看到一个老人倒在地上，他头上被军刀砍了一刀。妮侬不知道跑到哪里去了。她和朱斯坦在一起，马塞兰朝着渐渐走远的士兵们挥舞着拳头……我在人群中根本找不到他们，只能赶快回到住处。路上的行人都在重复演说家的话：

"拿起武器！拿起武器！"

他们还说："他们朝着我们的同胞开枪！朗贝斯克王子用刀砍倒了在杜伊勒利宫散步的人！他亲手杀死了一个老人！"

消息在传播的过程中不断被夸大、歪曲。

阿扎尔街，迪布瓦太太坐在楼下的一把椅子上，也在议论这事。她边摇头边说，每说一句话都加上一句："我看情况不妙啊！"

我开始相信她的话了。

午夜

夜里依旧闷热，没有一丝凉风。远处隐隐传来断断续续、忽快忽慢的警钟声、叫喊声以及其他刺耳的声音……

既然睡不着，那就写写字吧，这样我的神经会慢慢放松下来。前所未有的孤独让我心情沉重。我该怎么做才能远离这座即将爆发的火山呢？明天，按照福赦老爹的话说，是决定命运的一天。就让明天赶快来临吧。

7月13日　星期一

恐惧无处不在。它从人们的眼中流露出来，从人们的动作中表现出来，从人们的态度中传递出来。

今早，我去缝纫车间的时候遇到一些人，他们是从郊区来的身材魁梧的家伙、衣衫褴褛的失业者、滋事挑衅的无赖流氓、光头的女人……这些人平时是不会走这条路的。

厚厚的黑色烟雾笼罩在城市上空，一股刺鼻的焦煳味弥漫在空气中。

阿黛拉伊德紧张兮兮地站在店门口。进来一个女学徒，她就赶快把门关紧。

"进来，快进来，姑娘们……我们今天待在里面，我得把门赶快锁好。外面的人到处乱闯乱砸。今天的日子可能不好过啊。大家都得遵守'不许开门'这条禁令！"

我们很难专心干活儿。妮侬昨天夜里和朱斯坦在附近街区逛了很长时间，她向我们描述了外面的情况。

她眼里闪着奇怪的光芒，告诉我们昨天夜里到天蒙蒙亮发生的一连串事情：店铺被抢劫，工人们赶制铁矛、焚烧路障，特洛讷区和圣德尼区先后失火，很多马车、船只被烧……

大家都怕最坏的情况发生，即国王与宫廷下令、组织血洗巴黎。因此，愤怒的人民四处搜寻武器自卫！

真见鬼，国王真的会这么做吗？

服饰店的玻璃一整天都被拍得哗哗响。外面的警钟乱鸣，吵嚷声不绝于耳，一会儿震天响，一会儿又悄无声息，或低沉或尖锐的噪声总是冷不防地响起。

六点钟左右，阿黛拉伊德小姐决定将店铺提早打烊。出门时看到朱斯坦在人行道上等妮侬，我悬着的心终于落地了，他肯定会同意送我回去的……朱斯坦满身灰尘、脸上挂着湿漉漉的汗珠，他气喘吁吁、激动地说着今天发生的事。早上，他朝圣拉扎尔修道院走去，据说，质量上乘的谷物都储存在那座修道院里。这次的传闻破天荒地被证实是真的。五十二辆大车被调过去，最后胜利地把谷物运到了市政厅！

7月14日　星期二

　　写下这几行字的时候，我依然能闻到今天笼罩在市中心的浓烈的味道。尽管现在起风了，但这味道还在，并与平时的臭味相融，强烈，且持久不散。这股味道是从今天下午被攻占的巴士底狱传过来的。前天，甚至是昨天，有谁能想到狂热的公众会向这个地方发起进攻？这座巨大的堡垒坚不可摧，周围竖着八座巨大的塔楼，上面森严的守卫俯瞰整个巴黎。如潮水般的巴黎人拥向巴士底狱抢夺弹药。早晨从残废军人院搬来的枪支、大炮在失去弹药后还能起什么作用呢？

　　我们在缝纫车间里也无法对外面发生的事情充耳不闻。上午的时候，黎塞留街上传来一阵阵喧哗声、急促奔跑的脚步声、断断续续的枪声以及几乎没有停止过的号叫声。

　　"到巴士底狱去！到巴士底狱去！"尽管贝尔坦小姐下令用几块木板遮挡住橱窗，我们仍然能听到街上的呼喊声。我们就着微弱的烛光做针线活儿，大伙儿都在担心还会有更可怕的事情发生。

"听说这几天巴士底狱那边垒起了石楼，摆好了圆炮弹，堆起了不少废铁。还有些大炮瞄准了房屋……人们都可以看到炮眼后面乌亮的炮身。只要他们一开炮，一定会造成无数惨剧……"住在离巴士底狱不远的玛丽耶特说道。

"快点！快点，姑娘们，快干活！你们想想，从现在起到月底，我们得缝完布雷特维尔婚礼队伍需要的所有服装。"老板娘再次重复道。

她破天荒地坐到我们身边，鼓励我们好好干活，试图让我们安下心来。

可我还是心慌慌的。罗西娜也和我一样。我们挤在一张长凳上坐着，一个影子闪现在屋里的时候，我们俩都被吓了一跳。

是妮侬吗？从今早起，她就不见了。她去哪儿了？她遇到什么事了？时间一分一秒地过去了，可妮侬还是没有出现。

今天的大莫戈勒显得特别凄凉，时间过得特别慢。当我们听到远处响起炮声、噼噼啪啪的枪声时，更有种窒息的感觉。老板娘将门打开一条缝，我们看到空中升起的烟幕混入云层。被烧焦的麦秆、干草的味道一下子呛到喉咙中。

一直等到夜幕降临，贝尔坦小姐才同意我们离开。此时，街上安静多了，持续了好几个小时的风暴也平息了下来。我提起裙子，一路不停地跑回住处。

迪布瓦太太不在，一个人也没有。小饭馆里情况如何呢？

福赦老爹饭馆里的一幕还真够奇怪的。一些人穿着破破烂烂的脏衬衫瘫坐在桌旁，他们衣服上面都是煤污和血迹。这些人精疲力竭、异常震怒，时不时破口大骂几声，然后又把酒杯送往颤抖的嘴边一饮而尽。

很快，我就明白了，这是一场闻所未闻的暴力事件，当中的死伤不计其数。人群成功突击了巴士底狱，守在塔楼高处的驻军向人群开火……简直是一场屠杀……巴黎人民全部都起来加入战斗，拆除路障、关卡，驻守巴士底狱的监狱长很快意识到情况的严重性……

福赦老爹在各桌间穿梭，他在今天的英雄们背上轻轻拍了一下。

"妮侬呢？"我走过去问他，担心得快要发疯了。

就在这个时候，妮侬在门口出现了，我被吓得往后退了一步。她神情呆滞地往前走，衣服也被撕烂了，目光空洞，眼神里却有一丝奇怪的亮光。

她就这样一言不发、呆滞地站了一会儿，然后转身对我说：

"巴士底狱不复存在了！你明白吗，露易丝？里面的犯人被解放了，现在的国王不能再随心所欲地把人关进大牢里去了，这个时代结束了！"

饭馆里的人立刻站了起来，他们举起酒杯高喊：

"打倒专制！为那些在巴士底狱蹲监的人干杯！"

这样的场景持续了好一阵子。然后马塞兰和朱斯坦进来了。他们的眼神空洞，脸色白得吓人。妮侬的哥哥身上的伤口已不再流血，凝固的血结成了痂。他两眼呆滞，慢慢地说：

"我看到有人用长矛挑着监狱长鲜血淋淋的头颅四处游行，旁边的长矛则挑着市政厅总管的内脏。太可怕了！"

✎

7月17日　星期四

　　猛烈、紧张的骚乱让整个巴黎继续陷入动荡之中。火山还在爆发。现在，即使国王下令解散各军队，火山还是不会熄灭。狂热的民众随时都会爆发，不计其数的小争吵最后都发展成打闹……我们店里的老板娘也变得越来越烦躁了。很多服装店都关门了，不少业内的工人都到店里来找活干。绣花工、花边工，几天前还奇货可居的皮货商都求老板娘给他们点事做。

　　"你们想干什么呢，我们的客户都逃走了！现在得等她们回来啊！"她一边喊，一边送走一位身材矮小、面有愠色的女工。

　　贝尔坦小姐说这话的时候，一定想到今早从凡尔赛宫回来的阿黛拉伊德跟她描述的情况。

关于这个故事，没有一个细节逃过我的眼睛，因为我当时就在隔壁的小房间里修改软帽。

"整个城堡就像一支溃败部队的大本营。除了那些拿着文书、整理好行李预备逃到瑞士、都灵、布鲁塞尔或者科布伦茨、曼海姆的人以外，所有人都很沮丧，还在等待。等什么？大家也不是很清楚……"

"我敢打赌这群逃走的人中肯定有亲爱的波利尼亚克。我说得对吧？"老板娘语带嘲讽地问。

"这帮人全部都走了：戴安娜、朱勒，当然还有被王后叫作'甜心'的加布丽埃勒。她根本没犹豫多想，一刻也没耽误。然后，还有曾经紧紧把国王抱在怀里的阿图瓦伯爵、孔代王子、布勒特伊男爵等等其他很多人！彻彻底底地散啦……"

"王后呢？"

"她也想离开……就是前晚，我到宫里给她送丧服的时候。可恶的冈庞夫人和往常一样拦住我。后来我应王后的要求进入她住的镀金大房间里。里面有股烧东西的气味。她斜靠在秘书身上，读信件和便条，之后再把这些东西分两堆放好，她的动作很不耐烦。

73

我就这样看着她等了一会儿，我发现她紧绷着的脸上
透着冷酷、坚决的神色。

"'您来得正好，我亲爱的阿黛拉伊德小姐！'她
接着说，'您可以协助冈庞夫人把我的首饰从托架上
取下来整理好收拾到旅行箱里。得抓紧时间。'

"我就站在王后房里的首席女官旁边，递夹子给
她，执行王后布置的、完全在我意料之外的任务。我
这一生中，还从来没有经手过那么多珠宝：首饰别针、
戒指、长项链、耳坠子、王冠、手镯。我的手指可从
未碰过那么多的宝石：蓝宝石、钻石、祖母绿宝石、
红宝石、黄玉……真是看得人眼花缭乱，如堕仙境！

"此时，王后站到镜子前，把我刚才带来的裙
子放在身上比画，自言自语说：'我们得离开凡尔赛
宫了……必须走了！到梅斯①后，军队会重新征集
好，我们就又充满力量了！王权到了生死存亡的时候
了……巴黎城号称能决定法律法规……其实已经完全
失去理智了！'

"说完后，她也消失不见了。我手上的事做完后，

①　译注：法国城市，摩泽尔省的省会。

便向忙着准备出发的冈庞夫人告辞。她边写边大声清点自己得带的东西：暖水袋、暖炉、巧克力壶、脂粉盒、旅行服……

"昨天早上，令人惊愕的一幕发生了！王室家族居然还在凡尔赛宫。国王最终决定留下来。我是从负责接收我送来的裙子的德拉图尔德利涅夫人那里得知的。她消息很灵通，这个新闻也有足够的时间传播开来。看起来王后好像失望极了。也许是因为她很清楚不少巴黎人争着出钱买她的脑袋！"

讲完后，大家都陷入了沉默。过了很久之后，老板娘清了清嗓子说：

"我亲爱的阿黛拉伊德，我们得互相扶持同舟共济了。我们进入了一个全新的世界，没人知道会留给我们什么……"

7月19日　星期日

大消息：巴黎人民与国王和解了！国王不仅召回了内克尔部长，他本人两天前还来到巴黎市政厅。巴黎市市长巴伊先生把三色帽徽给国王看的时候向他介绍说，这象征着"君主与人民永久的联盟"（我复述朱斯坦的话，他当时在场）。我们的君王看起来深受感动，于是说了一句动听的话："我的人民可以一直信任我的爱。"

之后，他很快做了一个友好的动作：把帽徽系在他的羽毛帽的反面。这一举动赢得了如雷般的掌声、喝彩、欢呼！徽章由三种颜色组成。白色代表王权，蓝色和红色代表巴黎。这三种颜色在一起很协调。

7月14日星期二发生的事情是促使国王认清现状的可怕警告。现在，他周围那些可恶的幕僚已离去，他将好好地统治人民。这也是我们所有人的希望。不管怎么说，他还是一个受人民爱戴、尊敬的国王！

今天下午，妮侬、罗西娜和我一起去了巴士底狱那边。一路上，我们遇到了很多和我们一样，也到那儿去逛逛的人。这周以来，来这里散步的、好奇的人群看到了一个无法想象的大场面：堡垒被拆毁。自星期三以来，被招募来的泥瓦工已推倒了好几座高塔。但愿这座阴森的监狱被推倒之后永远不要再重建！

8月1日　星期六

我终于收到布勒伊神父的信了！这次，信直接寄到了迪布瓦太太那里。勇敢的太太知道我一直盼着家里的消息，于是她晚上直接来到黎塞留街找我。

我经不起诱惑，就在大街上当场把信打开……结果大失所望！我的双腿一下子就软了，眼泪也不争气地流了下来。尽管布勒伊神父很想来巴黎，可是他来不了了。他说路上不太平。尤其是蒙托邦与雷恩之间的那段路，每天都有旅客在那儿被抢。至于从雷恩到巴黎的那段路，就更不用说了……还有更严重的，他继续写道：

自从大家获悉巴士底狱被攻占的消息之后，所有的村镇都陷入了躁动不安之中。在凯迪亚克镇，侯爵派去征收实物地租的人刚一走近一辆装满干草的小车记账时，就被暴打了一顿。恐惧迅速蔓延至所有村镇。这是为什么呢？原因主要是一条深入人心、没法粉碎的谣言散播开来了：据传有一队强盗会以迅雷不及掩耳之势抢光所有东西，而且，凡他们路过之地必会杀个片甲不留。大家猜他们也许是外国军队，因为有人在圣吉尔看到这些外国兵了。另外，还有人见到一些贵族领头站在士兵队伍前面……结果是各村镇、各农场都武装到了牙齿。农民们手持镰刀、长矛、长柄叉或是铲子在各条道路通道上轮流站岗。最初的惊骇过去之后，他们就到卡拉德克城堡去了，侯爵的总管接待他们的时候态度恶劣。有几个人被激怒了，他们强行闯入爵爷的住所，还冲入了爵爷的私人书房，那里面收着领地的各种记录簿。这些册子里面记录着所有的杂税，换句话说就是农民们交给侯爵先生的税。那时候，侯爵去附近的布洛塞里昂德森林狩猎了……等到他回来的时候，只见成堆的册子已烧成灰烬，更不剩什么记录簿了！

幸好有伟大的圣伊夫庇佑我们，与其他地方不同，我们这里没有人死亡也没有人受伤。我祈求上帝让众生平静一些。做弥撒的时候，我没放弃训诫他们！相信我！

你的妈妈很为你担心，她每天都在操心你是否会饿肚子、生活会不会很艰辛、我的表妹对你是否满意等等……可怜的母亲，她为我暂时不能来看你而感到难过……我会尽可能地安慰她！

我亲爱的小露易丝，现在就我们俩，可以说我们得承认，这些事情有好的一面：太多的不幸、巨大的差距、太多的不公、繁重的赋税，而这一切往往降临在同一群人身上……必须得改变这种情况！

把你的近况告诉我们。

从你表达流畅的信中，我看到你取得了很大进步，我这个老师向你表示祝贺。

愿上帝保佑你！

你的日记本还在用吗？

我被他的最后一个问题逗笑了。真讨厌！他可没忘记这个小细节……亲爱的神父先生！

8月5日　星期三

　　午夜十二点了。天空是凝固的，上面繁星点点，没有一丝凉风，没有一丝声响。这段时间以来，我第一次觉得心口上不再压着大石，安详的情绪包围了我。这样真好啊！

　　我写了一封长信给布勒伊神父。我把自己在这儿所见的事件都一一写在纸上告诉了他。我还注明，要是想要知道更多细节，那就得等着读我的日记了。这是我的小小报复，想到这儿我心里快活极了。他给我这些东西的时候可是逼我的。我刚开始写的时候也是迫于无奈、不得不服从他的教导。但现在，事实证明他当初做得对。不过，我可不会向亲爱的神父承认这一点。布列塔尼女孩可得说到做到！

　　昨天起，一阵微风轻轻拂过巴黎。国民议会正在忙一些大事情。前天晚上，国民议会召开会议，彻夜讨论商议，最后做出了一个无比振奋人心的决定……

　　"取消封建专制，真是大快人心啊！"

　　"把凡尔赛官的8月4日之夜载入史册！谁要我

的报纸？"

晚上，沿街叫卖的小贩手里拿着刊登这条新闻的报纸在街上奔来走去。人群聚集在贴了报纸的墙前面看报。

"这是不是意味着以后不需要再向爵爷们上缴什么了？"我问福赦老爹，他一向都很了解时事。

"当然不是这样的！将来农民还是要向拥有土地的爵爷缴纳地租。至于其他压在农民身上沉甸甸的赋税则是完全取消了。我们可以为我们的代表们感到骄傲！"

晚上，"三个埃居"饭馆里处处都是欢歌笑语。福赦老爹也借此机会打开了来自他家乡勃艮第的红酒，不断给大家斟满……胖胖的福赦大妈也提起裙摆跳起舞来。真是太好玩了！

8月13日　星期四

这几天晚上，人们就着油灯和火烛的光线又唱又跳，节日的气氛席卷整个巴黎。大家在庆祝即将到来的新世界。他们大大肯定了耗费无数精力完成这项繁重工作的人们，即人们现在称之为"制宪"议会的代表们，他们办了一件大事……

缝纫车间里面，我们大伙儿都跟上时代的潮流，接受三色时尚风。老板娘听说这个情况的时候，耸了耸肩说：

"我不会把这个叫作时尚，这是政治！"

7月的时候，有不少常客开始要求做一些蓝白红色的服装，当时老板娘挺看不上的。她很不喜欢这种新的风潮。但自从大部分贵族都打定主意出走后，她也别无选择了！

我们呢，就高高兴兴地开始缝帽徽了，有的大得像棵白菜，有的比较低调、小巧，还有一些是褶子、缝在软帽边上的绉纱饰带，别在头发上、胸口或随便什么地方的饰品！我们还用薄纱制作了一些"巴士底狱"帽、"复古"帽、"市民"帽，这些帽子特别相像。

昨天，贝尔坦小姐很不高兴地说："要是这个游戏规则是什么都由街上的流行说了算，那么我算是提前被打败了！他们的新世界真美！但时尚可不是由这些廉价的三色饰品给激活的！"

说完后，她转身走了，去后院查账了。我们通过阿黛拉伊德知道她还有不少账目没收回来……她的客人都四散逃走了，账也没结清……老板娘气死了。

可耻的专制主义

将不会玷污我们的目光。

因为今天公民的责任感

在我们组建的城墙上闪耀……

这是我们这几天一边做针线活一边哼唱的一支歌里的歌词。从这里也看得出，我们也跟上眼下时兴的东西啦！巴黎不再只有老一套了！大街小巷，各家各户，桥上岸边，人们都在歌唱！嗓子都喊哑了！我们的罗西娜真是无敌了，她只要听过一遍，就能记在脑中，然后唱出来。

抬头看看我的邻座们，我忍不住想笑。所有女孩头上或帽子侧面都别着帽徽……这个场面还真是罕见又好笑！

8月27日　星期四

　　缝纫车间里，我被越来越多的人嫉妒……她们看我的眼神中充满愤怒，我立刻想到她们也许正在酝酿怎么报复我。玛丽故意把别针盒两次都打翻在我脚下。之后，韦莎尔小姐叫人用扫帚扫一下的时候，阿黛尔站了起来，到我面前行了个屈膝礼说：

　　"露易丝早上宣布以后将一直由她负责打扫！"

　　妮侬和罗西娜马上帮我说话。妮侬直接撞到玛丽身上，罗西娜则紧抓住扫帚，双腿像女巫一样骑在扫帚柄上，追着阿黛尔跑。我和其他女孩一样笑了好一会儿，可我无意中看到韦莎尔小姐的眼神很阴郁。要赶的活计很多，可她还得疲于维持纪律。她是绝对不会惩罚玛丽的，一方面玛丽整天围着韦莎尔小姐裙边献媚，另一方面她还是最好的绣花工。

8月30日　星期日

　　妮侬向我口述了《人权和公民权宣言》的开篇内

容。现在，我把这几句话在日记里复述一遍：在权利方面，人们生来是而且始终是自由平等的。只有在公共利用上面才显出社会上的差别……

福赦老爹在饭馆里解释说，现在所有人都有同样的权利，人人平等。

"还有，"他补充说，"出身于贵族家庭并不意味着就高于其他人。以后不再有特权，不再有保留权利！那样的时代一去不复返了！"

"那么我就能够娶沙尔尼塞伯爵与伯爵夫人的千金，即我们老爷的女儿阿黛拉伊德为妻了！"巴蒂斯特哗地一下站了起来，瞪大双眼说。

"只要她同意就行！"福赦老爹回答道，他发自内心地笑了。

饭馆里最结实的小伙子们站了起来组成一道人墙，他们把巴蒂斯特托在肩膀上，在饭馆里兜了一圈之后又去街上了……

代表们实实在在地做了些大事、好事。

《人权宣言》的重要性非同小可，1789年8月26日这个日子将载入法兰西的历史中。

宣言中的"自由""平等"两个词被大家写在大街小巷的墙上。这两个词在一起非常协调，我绝不会说烦了的。

远处，大街上，我听到人们声嘶力竭地唱着一首关于宣言的歌。此时，时间已经很晚了，我其实更想听一首柔和的催眠曲。

> 自由地生活是首要的幸福，
>
> 无论是在田野里还是在城市中。
>
> 到处都是公民，
>
> 尊重谦卑的避难人，
>
> 自从我获得尊重后，
>
> 没人能看到我被伤害。
>
> 哦，我亲爱的自由！
>
> 没有什么能限制你……

9月9日　星期三

我的日记本只剩一页纸了……迪布瓦太太知道茹

尔街上有家纸品店，可她替我跑去看了以后两手空空地回来了。

"关门啦。我跟你说，我已经是第三次去了！"

多么令人失望啊！我该怎么做才能接着写下去呢？

我暂时不能写长故事、不能随便聊天了，现在节约用纸是最重要的！

赶快进入正题，我该从哪儿开始讲呢？

就从让我难过的事情开始吧。妮侬被大莫戈勒辞退了。韦莎尔小姐对她大发脾气。

"你每两天里面就有一天是迟到的，心思根本就不在工作上，就这么定了！从今晚起你就不再是我们这里的人了！"她一下子就把话说死了。

晴天霹雳也不过如此。罗西娜和我都愣住了，我们转身看着妮侬，她面无表情，但眼神高傲。我能做什么呢？

去找老板娘说说？不可能，她一周前就去德国了。向韦莎尔小姐求情？我试了，可没用。

这下子，缝纫车间里人人都积极工作，生怕辞退的事情落到自己头上。妮侬在韦莎尔面前公然表现出一副愤愤的样子，双手交叉抱在胸前。她一整天都保持这个姿势。这一页翻过去了。车间不再是以前的车间了。

9月15日　星期二

　　妮侬的事情幸好得到了妥善处理。福赦老爹、大妈雇她到店里做全职服务员，她从周一到周日都要上班。她很高兴，因为她很喜欢小饭馆的氛围。她是一个活泼好动的人，喜欢跟人接触、交谈并掌握最新的消息，这份工作很适合她！

　　她哥哥马塞兰也赞成她做这份工，他摩拳擦掌，准备尽可能地常来饭馆吃晚饭。

　　"和朱斯坦一起来吗？"妮侬立刻问他。

　　经常见朱斯坦我倒没什么，不过，见马塞兰就……有那么一阵子了，他的出现总让我感到别扭，特别是从那天晚上大家一起在街上跳法兰多拉舞之后。他用一种奇怪的方式搂住我的腰，我感觉到他呼出的热气喷在我脖子上。然后我就试图摆脱他，可是

88

他力气很大，我没法挣脱出来！我其实一直都把他当作在我身边保护我的大哥哥。肯定不可能把他当作别的什么！将来我敢把这个想法告诉他吗？可我一定得说！

9月29日　星期二

我终于找到可以用来写日记的东西了！特拉维尔西耶尔街上摆摊帮人写字的先生同意卖两张纸给我。他有点为难，其实他的存货也不多了。他的工作还挺多的呢！自7月底以来，白天一直都有人排队找他写东西。写的内容都大同小异：写给镇上的神父或者公证员询问家人的情况。乡下各处也都是一片混乱。会写字是一件多么幸运的事情啊！你可以想写就写，不需要依靠别人就可以把自己的词、句写在纸上……我怎么感谢布勒伊神父都是不够的！

这几个星期，这儿的气氛又变得紧张了……有点像7月初的时候。面包还是相当匮乏！人们都以为革命会解决这个问题，可现实并非如此。面包师们还是在囤积粮食制造饥荒。他们只想着怎么赚得盆满钵满，才不管别人死活呢！

忽然间，政治又成为所有人讨论的中心议题了。甚至比之前讨论得更热烈，因为现在人们都有权发表自己的见解。不算议会和王宫，大街上、店铺前面、饭馆里、像雅各宾俱乐部那样的公共场合，到处都有人在谈论、在争论。大家传阅着定期出版的报纸。路上，只听得到有人大叫："巴黎新闻，新鲜出炉的最新消息！""谁还要法兰西同胞？"或者还有："给我，给我，巴黎大大小小的革命！"

大家对代表们的工作议论纷纷，他们还谈到内克尔部长没法弄钱进国库。有些人指责国王总是犹豫不决，迟迟不肯采纳议会的决议，另一些人则怪罪王后，认为她净出坏点子，一心只想打压暴动。

信息传播的速度非常快，新闻很快就盖过旧闻。在这种嘈杂、纷乱的时局中，如何才能认清状况，如何才能辨别真伪呢？

"即便这样会导致动荡不安，但这也是一个很大的进步。"朱斯坦边说边翻读一份新报纸——马拉办的《人民之友》。一切都源自自然……得接受它们，学着容忍它们。

我试图仔细思考最后一句话，福赦老爹也能说出这样的话来。

10月4日　星期日

今晚没有长篇大论！我今天在"三个埃居"饭馆里已经听得够多了！现在我脑子是空的，脚很疼……我必须得尽快躺下，明天还得去凡尔赛宫呢！

明天是去那儿的最佳时间吗？我很怀疑……可贝尔坦小姐坚持去，她要我陪她去……

人民对国王的愤恨、对王后的怨恨已到达了顶点。一个团的士兵赶来凡尔赛宫保护王室。可怒火越烧越旺，马上就要爆发了。什么时候？什么地方？没人能回答。

昨天起，人们都在议论同一件事情：在凡尔赛宫里，国王护卫们为了欢迎新来的士兵军官们，举办了豪华晚宴，真是令人极度愤慨！

今早，我一看福赦老爹的脸色便知他满腔怒火。他向那些急匆匆赶来饭馆的客人大声朗读《人民之友》。上面报道凡尔赛宫的歌剧厅被装饰成宴会厅，奢华美味一道接一道地上，顶级佳酿畅饮无限。国王、王后以及她怀里抱着的王储也来了。他们都被热闹的宴会、香醇的美酒所吸引，驻足观望这场可耻的盛宴。之前勉强把三色帽徽别在身上的军官们此时只佩戴着象征王权的白色帽徽。王后一露出妖媚的笑容，下面的欢呼声、喝彩声便经久不息……还有别的呢！

报纸上还说，凡尔赛宫内储存了大量的面粉，其目的就是要让人民挨饿，这样才能屈从于王室，放弃已取得的胜利。

"一点儿没错！"胖胖的福赦大妈回应道，"要是凡尔赛宫里有面粉，我就去那儿取！我可什么都不怕！"

她说完后，所有客人都站了起来。他们激愤地大声喊道：

"到凡尔赛宫去！到国王那儿去！"

妮侬站在酒吧的高脚圆凳上挥舞着拳头喊道：

"我们去周围的饭馆、去王宫那边，把'一起去凡尔赛宫'的指令传递出去！"

我独自一人，一桌桌地上菜。外面的人被饭馆里面高涨的气氛感染，不断地挤进来、坐下，真是人潮汹涌！

我下班的时候，和几个女人一起出去的妮侬还没回来……我突然想到回黎塞留街的时候应该绕一下路去找贝尔坦小姐，告诉她，看这情形，骚乱还要持续一阵子。

"谢谢，露易丝，早日离开将是最明智的做法。你就待在家里，等六点的钟声敲响后就和我一起去凡尔赛宫，我会通知伊丽莎白·韦莎尔……"

我什么都没说，可我已经能想象到玛丽和阿黛尔一定嫉妒得红了眼。

10月5日　星期一

晚上7点钟

我的双手不停发汗，我觉得胸闷气短、呼吸困难，心里焦躁不安……接下来会发生什么事？我得在这个陌生的房间里待多久？我今早刚买了新的日记本、一支精心修剪好的羽毛笔，还有质量上乘的墨水……还要买些什么呢？当一切都不好的时候，就得把注意力放在一些小事情上面，妈妈经常跟我这么说……在我被关入凡尔赛宫内的这几个小时中，我一直试着这么做！

我写下这些字，可我很难相信这些记叙……我看到镜中的自己，同时看到镀金的座钟、中国的瓷器花瓶，还有玛丽·安托瓦内特还是王妃时候的一幅肖像画。这幅画提醒我自己不是在做梦！

下午，从巴黎来的密密麻麻的人群包围了宫殿，不许我们出去。宫殿的大铁门被紧紧地锁住。尽管外面下着瓢泼大雨，怒气冲冲的男男女女还是决心留下不走。一群代表获得了议会的接见，另一群则被刚狩猎回来的国王接见了。一个刚才在高声发表演说的女人一看到国王是如此的平和、友善后，非常激动，却又感到不满！

外面，夜幕低垂。骚乱者们都在乱发脾气。

"不要承诺！要行动！"他们大声吼道。人们朝一个护卫步步逼近，把他的马杀死并撕了个粉碎，然后他们就直接生吃了那匹马……好恐怖！这里的护卫眼睁睁地看着如此血腥的场面却无能为力。众人都不知道何去何从。有人建议国王去朗布依埃①，可他踌躇不决，他周围的大臣们也拿不出什么好主意；王后则愤怒地咬紧双唇，生着闷气。还是没有什么决定！

王后身边的一位女官将我领入一间小客厅中等老板娘出来……我预感会有不好的事情发生。她违反王后的吩咐，离开凡尔赛宫已经有三个小时了，她当时还承诺说会尽快回来的。但她走后就不见人影了，服饰店的女老板贝尔坦小姐不见了！

10月6日　星期二

凌晨2点钟

我在这张柔软的床上翻来覆去，依然毫无睡意。根本睡不着！我只好起身，披着鸭绒被开始写我的文

①　译注：法国城镇，位于巴黎市西南。

字……我庆幸有这本日记本！我可以通过写字来放松一下神经，把我头脑中混乱的思绪整理整理，当然，还能为我现在的所见所闻留下一丝印记，哪怕仅仅只是我的见闻。

肥硕的冈庞夫人，就是老板娘讨厌的那位，刚才给我送来了现在这床又厚又暖的被子。她语带挖苦地对我说：

"你的老板娘不会按时回来了……我觉得她已经抛弃你了！现在得看清楚了，你和王室以及这里侍奉他们的所有人的命运拴在了一起。勇敢点，耐心等明天降临吧。明天白天才艰难呢……"

我还没来得及开口说话她就转身出去了。她才不会把老板娘放在心上，这点我很清楚……至于我的焦虑，现在已减轻不少了。现在，我想动一下，我轻轻地滑下床，试图多了解点情况。透过临着小花园的窗户，我看到外面黑漆漆的，没有一丝亮光，只有雨在下，忧伤而绝望。我轻轻地推开门，看到外面是一条长长的走廊，僵硬得像木桩那样一动不动的守卫站在各个出口前面。没有一丁点声响，也没有什么信息可

搜集，整个城堡都陷入了熟睡之中……外面的情况是
怎么样的呢？只听得到阵阵狂风暴雨袭来。

下午1点钟

太好了！终于快要结束了！有人通知我说载着王
室成员及其随从的车队将即刻出发回巴黎。我得赶快
做好出发的准备。他们在皇家敞篷马车后面的众多马
车里给我安排了一个座位。马车停在阿尔玛广场上。
我也跟他们一起走吗？不一定！可我只要不在巴黎就
觉得不自由。

想到可以离开这个被包围的地方，我就觉得稍微
轻松了一些。黎明到来之后，局势越发紧张。下面就
是刚发生的具体事情，顺序有点乱，因为我的脑袋里
一片混乱……

外面突然传来噼噼啪啪的声响，我从迷迷糊糊的
睡梦中惊醒过来。此时，座钟的指针指向五点钟。走
廊空荡荡的，守卫们已不见踪影，我穿过走廊朝着发
出声响的方向走过去。

"你们快去救王后！"一个气喘吁吁的男人声嘶力竭地喊道。

一群人手里拿着长矛、鹤嘴镐、火镰闯了进来，我吓得赶快躲进一个隐蔽的角落里面。两个护卫拦在一扇双扉门前，人群冲过去骂他们。后来我才知道，原来这是通往王后卧房的通道大门。王后得知消息后，抓了块披巾往肩上一披，鞋也来不及穿，就光着脚朝国王寝室前厅跑去。可悲的是，任凭王后怎么敲，那扇门都没打开，惊恐万状的王后在一片嘈杂的叫声中绝望地等待着。发起暴动的人们撞破衣柜、踢垮床褥、闯入不同的房间，四处搜寻王后的下落。最后，一个听力敏锐的仆人听到王后的敲门声，于是他冲了进去。也就在那个时候，王储和他的姐姐进来了……王室家庭的所有人员都到齐了！

要问我和惊恐的顾问委员、消瘦的部长、愤怒的朝臣等人一起被困在官殿里是什么感觉？我也不知道。这些有权有势的人大多变得滑稽可笑。他们衣衫褴褛，没穿外衣，赤着脚，剃得光溜溜的头上却不见假发……还有一群四处溃逃的护卫！看到这个场面，我心里更慌乱了……接下来会有什么事呢？

"把国王带到巴黎去！把国王带到巴黎去！"窗户下面密密麻麻的人群吼道。刚仔细修过面、身着漂亮军服的拉法耶特将军朝国王弯了弯腰，低声说了几句话。国王面无表情地朝前向人民走过去，底下立刻爆发出如雷般的掌声，我们大家都松了一口气。可事情还没了结。又过了一会儿，有人叫了一声，之后成千上万的人都一齐叫："王后！带王后到阳台上来！"

之后，现场陷入死一般的沉默之中。玛丽·安托瓦内特王后整个人都僵住了，她面无血色、下颌挛缩。

忽然间，外面震天的吼声让玻璃也剧烈震动起来。她挺直肩膀，抬起头来紧紧牵着两个孩子朝打开窗户的阳台走了过去。

外面顿时安静下来。然后有个人尖叫了一声，只有一声，可回声传了好远："不许带孩子！"

备受折磨的王后犹豫了一会儿，便把孩子送进室内。然后她又走了出来，直勾勾地看着沉默的人群。

人们纷纷放下火镰和长矛。德·拉法耶特先生向她鞠了一躬，行了吻手礼。此时，最令人意想不到的是成千上万人突然喊道：

"王后万岁！王后万岁！"

留在室内的随从们听到呼声后都向王后表示祝贺，王后却双眼含泪，她没有上当！

"妈妈，我饿了！"藏在王后裙摆下面的王储哭闹着说。王储还随身带着他的爱犬穆夫莱，这只小狗很快就找到伴儿啦。

"是皮普奈！"我认出它就是我们在缝纫车间里找了好一会儿才找到的小狗后，忍不住大声说道。

不一会儿，皮普奈的主人奥尔唐斯也追着小狗过来了。我们两人都很高兴能在这儿重逢！

她告诉我，她已经决定回巴黎去，和这里的人一起出发。奥尔唐斯看起来比我还担心。她脸色苍白、动作慌乱。她匆忙和我道别，说是要去整理行李，当然，她也承诺会很快和我再碰面的……

从这一刻起，挤满人的房间一下子空了。整个宫殿里只听得到匆忙的脚步声、开门关门时发出的咯吱声……大家都像疯了似的急匆匆地跑来跑去。得迅速准备好!

晚上10点钟

我快要睡着了，可不写完今天发生的令人难以置信的事，我就不能躺下。虽然我已经在缝纫车间里讲过一遍了，可还是得写下来……

我晚上八点钟到达缝纫车间的时候，贝尔坦小姐和其他学徒看到我时都很震惊!我永远不会忘记她们的样子!就在这之前，没人想离开车间，自昨夜起，所有人都在问:"露易丝去哪儿了?"

于是我就从头开始讲。她们一直听我讲啊讲，哪怕我的喉咙早已干涸。她们的心情也随我上下翻飞的双唇一起忽上忽下。

这里，我就从之前写到的、正要离开凡尔赛宫的时候继续写……

两点半的时候，我到了阿尔玛广场，看到凡尔赛宫的镀金大铁门打开了。一辆由六匹马拉着的四轮豪华马车准备出发去巴黎了。国王、王后、王储、他的姐姐、国王的弟弟、普罗旺斯伯爵及其夫人、王室家庭教师德·图尔泽勒夫人，他们都坐在马车里。周围暴怒的人群冲他们又喊又叫，他们的心里是什么感觉呢？

到处都是人，拥挤、喧嚣。我拉着不知所措的奥尔唐斯，想办法找到了座位。皮普奈被藏在她的大帆布包里面，可这个不安分的家伙马上就跳了出来。它上蹿下跳，一会儿跳到奥尔唐斯的怀里，一会儿又跳到我膝上，或者跳到坐我旁边的仆人肩上。小狗大声乱叫，它被吵闹的人群惹得十分激动！

车队后面跟着很多辆装满麦子、面粉的马车，它们也将一起返回巴黎。有件事情可以确定，就是巴黎肯定会有面包啦！

"不要把头伸出窗外，奥尔唐斯！"

其实我和她一样害怕，但保护她（或者说装作保护她）能让我的心安定些。在上车之前，我看到长矛上挑着一些护卫的脑袋，他们今早还在抵抗人群的进攻呢！面对如此吓人的场面，我顿时感到恶心极了……

　　我们这个奇怪的车队花了七个小时才抵达巴黎。看到车队经过的人都很诧异，纷纷掩口而笑。这像不像参加节日庆典游行的彩车呢？走在最前面的是护卫，他们嘴里叼着烟斗，手中挥舞着刀尖上戳着大面包的刺刀；后面是侧身坐在马上的妇女们，她们旁边是龙骑兵；另一些妇女则是步行，她们手挽着士兵；还有一些扮成女人的男人……他们时不时地唱几句或者大喊几声：

　　"以后再也不会饿肚子啦！我们把面包师和小学徒都带回来啦！"

　　这时候，一辆开过炮的马车从我们身边经过，我死命控制住不叫出声来，一时之问目瞪口呆。那辆马车上有两个女人，两个我很熟悉的女人：妮侬和福赦大妈！我的天啊！我的朋友和我的另一个老板娘也在这儿！当我在凡尔赛宫的小房间里瑟瑟发抖的时候，她们就在铁门外面！现在，她们就在我几步之外，和我朝着同一个方向前进！

　　她们很快就消失在人群中，她们很有可能插到车队前面去了……可我不能把这告诉奥尔唐斯，她睡着了，皮普奈也在她膝上睡觉。

我们离巴黎越来越近，外面的辱骂声有所下降，取而代之的是欢呼声。人们聚在道路的两旁，激动地表达他们的喜悦之情。我们只听得到欢呼、喝彩声：

"国王到巴黎来万岁！王储万岁！"

到了城门口（是仆人告诉我们的）后，车队停了下来。夜已经深了。巴黎市长根据传统，来到国王跟前。金色的托盘里放着巴黎城的钥匙，市长要把它们呈送给国王。

车队又开始向前走了。我们都快累垮了。这样还要持续多久？还有一段时间吧。市政厅前，火把照耀下，巴黎市民都等得不耐烦了。我们的车停在沙滩广场①上。我向奥尔唐斯告别，她又累又害怕，哭成了一个泪人儿。

"你至少还知道自己会睡在什么地方……我呢，根本不知道自己会到哪儿去！"

陪她前往杜伊勒利宫的仆人一句安慰的话都没有。他也觉得有些别扭，于是就把头转向一边。我离

---

① 译注：即今日巴黎的市政厅广场。

开惊慌失措的奥尔唐斯时很有负罪感。我含糊不清地
说了几句话，最后抚摸了一下皮普奈，之后我沿着塞
纳河撒腿就跑。我必须得跑，清风穿过我的头发、拂
过我的脸颊，我得忘掉这一切！这是怎样的一个故
事啊！

10月8日　星期四

一切恢复了平静。人民获得了胜利。国王的出现
也证实了这一点。他认为困难已经解决，艰难的时刻
已经过去。他肯定是对的。

昨天，在饭馆里，妮侬和福赦大妈被当作女英
雄，大家都向她们欢呼喝彩。她们昂首挺胸，做出了
不起的样子！这的确是她们人生中辉煌的时刻，她们
站在高脚圆凳上，两条胳膊甩得团团转，脚上跳着舞
步，这是属于她们的表演！

妮侬沉浸在兴奋之中，我告诉她我和她一样也在
凡尔赛宫的时候，她什么都没说……我失望极了。忽
然间，我发现妮侬的样子变了，她自信满满、专横霸

道，朱斯坦和她哥哥将她变得桀骜不驯，她离我越来越远……

福赦大妈正好相反，她极度渴望知道一切。她盯着我好好地看了一会儿，然后把我带到她家里，让我坐在唯一的椅子上，从头到尾讲讲发生的事。

"来吧，勇敢点，你遇到那么多事情，是需要勇敢面对的！"她一边说一边递给我一个还热着的苹果蛋挞。这事也有好的一面，因为面粉回到巴黎来啦！

我微微一笑，把手放在她肩上。她让我想起安琪儿妈妈，我远在布列塔尼的安琪儿妈妈，总是迅速为我做好甜点的安琪儿妈妈……

11月14日　星期六

今晚，我提笔的时候就提醒自己不要写太久。我的手还没完全好：上个月某天，我滑倒在湿漉漉的路上，结果嘛，我的右手扭伤了。

我的手腕也骨折了，手指被冻僵了……好吧，我说重点吧。

我从布勒伊神父的信中可以读出一种假装想让我放心的语气。他想对我隐瞒什么？镇上及周边的生活真的像他所说的那么平静吗？我给他简短地回了信（因为我的手腕不好使），我把自己所有的担心都告诉了他。

老板娘已经有好久都没出现了，她前所未有地四处追债、寻找新的订单。从都灵到科布伦茨，再到波恩和日内瓦。她的大部分客人都流亡到国外了，然后接着在所到之处的沙龙里扮高雅。老板娘不在的这段时间里，都是阿黛拉伊德和韦莎尔带领我们做活儿，罗西娜整天做些滑稽可笑的怪样子。她还成功地应聘到杂耍戏院，负责晚间正式演出前进行热身的表演。看得出，她做完一天的缝纫活计之后，要去戏院表演时，总是兴高采烈的！

妮侬却让我感到难过。我每次见到她，都可以感觉到我们之间的距离在拉远。她越来越粗鲁，说话越发辛辣，张口大笑，还把一些我不愿意写，就连说都不敢说的词挂在嘴上。除了朱斯坦以及饭馆里议论时政的话，她对一切都不感兴趣……她还会变得跟以前一样吗？我真希望会啊！

马塞兰常常在饭馆消磨时间。他每晚下班后都会来。一连几个周日他都来帮我一起清理桌面，他知道我手上的绷带还没拆，干起活来不太方便。为了答谢他，我只能陪他散散步，对此我也没什么不高兴。秋天夕阳下金褐色的杜伊勒利花园总是那么的美！

12月22日 星期二

迪布瓦太太同意把她的大房间租给一群从萨瓦地区①来做通刷烟囱的管道工住到明年春天。现在生活困难，她也就没法挑剔了。尽管他们是一大群人，她还是租了。这些人到巴黎来的任务才刚开始呢，他们跟着从头到脚都是黑乎乎的老板一起来的。这个老板看起来累极了，站都站不直……他们的工作极其繁重：每天得上下清理四十多根烟囱管道！再加上他们

---

① 译注：位于法国东南部，与瑞士和意大利接壤。

是步行来到巴黎的，当然更疲惫了。

有天晚上我和往常一样正专心写着日记，门突然咯吱一声打开了。我吓得跳了起来，看到一个只有扫帚把那样高的小男孩朝我走过来，他全身上下都是煤烟炱。

"你在干吗？是写字吗？"他抬起头来问我，我看到他漆黑的脸上只有眼白和牙齿是白色的。

他静静地站着看了我的日记本一会儿，然后离开了。第二天，他又来了。第三天他也来了。我们聊起他的生活、同伴、工作，渐渐地，我们成为好朋友了！虽然他有时候还包着头巾就来了……有一次，他来的时候怀里抱着一只缩成一团的小动物，我吓得咽了咽口水，慌慌张张地站了起来。我也没办法，我害怕所有长毛的小东西！

"伸出手来！"

有天晚上，路易松使劲把我的手拉过去放在格里塞特（小家伙的名字）毛茸茸的身上。我笑了起来，小动物轻轻地抖了抖。的确，它的毛摸起来很柔软，它的嘴巴一直在动，这个样子太好笑了！

12月25日　星期五

今天是圣诞节，天气非常寒冷。整个城市仿佛都进入冬眠状态了。不过，早晨灰色的天空中飘荡着教堂那边传来的叮叮咚咚、欢乐的钟声，真是一场美妙的音乐会！巴黎圣母院的大钟徐徐敲响。隆隆作响的钟声在召唤信徒们来祈祷。我和迪布瓦太太、路易松等人穿得暖暖的去圣罗什做弥撒。唱诗班唱响圣诞赞美歌，大家都站到马槽前面。我尽量控制住自己不去想布勒伊神父和妈妈。没有他们，过节又有什么意思呢！我的心里很难过，眼泪流了下来……还好有萨瓦人在我身旁……他们一下午都在挨家挨户地拉大提琴。音乐优美的旋律将我的忧伤一扫而光，迪布瓦太太做的蛋卷重新唤起了我的好心情。我什么时候才能再见到我的布列塔尼呢？我常常会问自己这个问题。

1790年2月2日　星期二

我必须得记下我在杜伊勒利宫度过的这个下午！

最近，老板娘不用四处奔波的时候就习惯来杜伊勒利宫。王后幽禁在此，身边一个朋友也没有，我想她很喜欢老板娘能常来陪她。而且，不管是在杜伊勒利宫还是在凡尔赛宫，她都得履行王后的职责：和丈夫一起出席晚宴、接见外国大使。参加这些活动她都得穿裙子，而且还得换不同的裙子！所以对她而言，身边有个服装师是必不可少的。

要见到王后可不是件容易的事，得要经过由瑞士护卫、法国护卫以及各个狱卒组成的重重关卡。哪怕在宫殿里面都得打出自家人的暗号才能通行。在这里生活，怎么能没有当犯人的感觉呢？

冈庞夫人开门让我们进去，她不像之前那么傲慢了，可她仍然很不喜欢老板娘。她故意刁难我们，让我们等在一间又脏又不通风、里面还堆满各种乱七八糟东西的小房间里。贝尔坦小姐利用等待的时间告诉我，宫殿自去年10月6日以来就陷入了悲惨的境地：到处积满灰尘、一片萧瑟，五六百人挤着住进来（他们中间有不少人都没获得国王的许可），他们得赶快搬出去才行。慢慢地，人们开始布置杜伊勒利宫，从凡尔赛宫陆续搬了些家具、餐具、挂毯，再在王室家庭成员的套房之间安置楼梯……

胖胖的贴身女官回来了，她双唇紧闭，让我们跟她走……通过镜子的反射，我看到王后向我们走来，她简直变成了另外一个人。我太吃惊了！她的腰板依然挺得很直、神态也很优雅，可是她迅速地憔悴衰老了，头发也白了，嘴部的肌肉凹下去了，眼神里充满焦虑和恐惧。她像被追捕的动物一样，随时保持警惕，对周围的一切都充满戒备。

我没有听她们在谈些什么。王后要求召见我的老板娘。我对此并不感到惊讶。特别是在这笼罩着怀疑、恐惧气氛的宫中……一切都让人感到难受！

我坐在走廊的长椅上，悄悄地观察着来来往往的人……前面飞来一群麻雀，孩子们从我面前经过，叽叽喳喳地说个不停，时而蹦蹦跳跳，残旧的地板也被踩得吱吱叫。

"露易丝！太意外了！你在这儿干吗？"

原来是摆脱随从的奥尔唐斯。她和去年10月我们分别那晚一样，愁眉不展。她开始和我聊天，脸上的表情也慢慢舒展开来。她待在这个宫殿里，觉得时间过得特别慢……她的教母德·纳莉夫人曾许诺会接她走，但几个月来，奥尔唐斯都没有她的任何消息。除此之外，她也没有在凯迪亚克的父亲的消息。听到故乡的名字，我的心一阵刺痛。我突然感到奥尔唐斯和我之间的距离是那么近，我真想把她抱在怀中，就像搂着自己的妹妹一样。我胡乱地说了几个词，试图了解这几个月来在乡镇那边发生的事情，可一个小女孩跑过来打断了我们的谈话。奥尔唐斯把我介绍给这个女孩。她叫波利娜·德·图尔泽勒，她妈妈是法兰西王室的家庭教师。显而易见，这个女孩非常骄傲，甚至可以说是傲慢……她根本不屑于知道我是谁就直接把奥尔唐斯拉走了。奥尔唐斯边走边依依不舍地问我近期是否还会来，而我呆头呆脑地站在那儿，朝她挥挥手，只能把我急切想知道的、关于我朝思暮想的布列塔尼的问题都吞回肚子里！

3月7日　星期日

我今晚好像快要被疲劳压垮了。不过，幸好我的胳膊和手还能写字。但也写不了很久，我得写简短点。

今天是星期天，我在饭馆里一个人干了我和妮侬两个人的活儿。她大部分时间都待在厨房间里抽泣，几乎没有怎么到厅里招呼饭馆的常客。福赦大妈心地善良，她不想催促妮侬，于是给我使了几个眼色，让我把妮侬的活儿也一起干了。很快，我就猜到妮侬情绪失控的原因了，甚至在我们俩还单独在厨房里、她结结巴巴地说了几个词之前就猜到了。她和朱斯坦彻底掰了。昨晚，在王宫的花园里，朱斯坦被妮侬吓了一跳，当时他正和一个年轻的小姑娘搂在一起。这两人赶忙拼命解释。妮侬马上意识到朱斯坦的心已经不在她这里了。对此，我也觉得很突然，不过心里并没有为他们分手而感到难过。妮侬自由了，她摆脱了一个在思想和行动上都支配她的人啦。就是这个朱斯坦让她的眼神变得冷漠、态度也变得粗鲁，而且跟人说话的语气也很严厉，这些都把我从她身边推远。现在，这一切都过去啦，她会变回以前的妮侬的！

她眼里满是忧伤，我感觉朱斯坦对她的影响在慢慢减少。光线渐渐亮起来，照亮了她的小脸蛋，她又变成还在大莫戈勒时的样子了。

下午马塞兰来了。他看起来很难过，也许是看到自己的妹妹心碎而痛苦。他怎么会讲起国王来的呢？我也想不起来了……"三个埃居"饭馆里面的人总是很兴奋，就像去年发生大事之前的几个晚上一样……

妮侬的哥哥控诉路易十六软弱无能、踌躇不定，讲到后来都质疑国王的作用了。马塞兰的说法正是他所崇拜的德穆兰经常在报上写的内容。说到这儿，店里的熟客马斯卡尔老爹把他粗壮的双手放在桌上，再撑着慢慢站起来，他的脸颊涨得通红。

"没有国王的民族就是无君之国！"他大发雷霆地吼道，"我们需要一位独一无二、受人尊重、掌握实权特别是具有执法权的首领！"

马塞兰踮起脚尖伸长脖子回答说美国就没有国

王，人民都能享受到没有国王的好处。马斯卡尔听闻后勃然大怒，立刻要求大家不准再说任何亵渎国王的话。他抄起一张高脚圆凳直接朝支持马塞兰的人群扔了过去。

"够了，到此为止！"福赦老爹大声喊道，他忙着过去调解。

过了好一会儿，争吵打闹才平息下来。

3月24日　星期三

现在，人人都在想方设法逃走！无论是和我住一幢楼的人，还是缝纫车间里的学徒，都忙着逃命去了。更不用说那些贵族，他们早就关好大房子的门、坐上马车，绝尘而去了。

两天前，路易松与我道别。他一大早就动身回萨瓦地区了，那儿还有春夏两季的大工程等着他去做呢。我悄悄地在他的褡裢里塞了一块蜂蜜甜点，他向我发誓说诸圣瞻礼节① 时一定会回来的，之后便匆匆

① 译注：每年的 11 月 1 日，天主教的重要节日，法国的传统假日。

走了。

缝纫车间里，更是一派愁云惨淡的景象。乐天派的罗西娜走了。尽管她本人极不情愿，但她还是告诉韦莎尔小姐自己要离开这里。更糟糕的是，她还得告别杂要剧院，她再也不能到那里去做提词人的替工了。她平时洋溢着欢乐的脸庞此时已饱受泪水的摧残。她得回到桑利①照顾病重卧床的妈妈。

"快点回到我们身边！"我们站在大莫戈勒门口，大声对她喊道。她没有转身，但我敢肯定她听到我们的话了。她走之后，缝纫车间显得空荡荡的。当然，还有一个原因是玛丽和阿黛尔这两个臭虫也滚蛋了。可惜她们滚得也不太远。老板娘的竞争对手、在圣奥诺尔街上开了家服装店的博拉尔将她俩挖了过去。

"他可能觉得这样可以吸引大莫戈勒的客人们去他的店里吧……可他没注意到时代变了，这个亲爱的博拉尔！"老板娘知道这两个学徒辞工的时候，不无讥讽地说。

其实，她非常愤怒，狠狠咒骂这个总是损害她利

---

① 译注：法国城镇，位于瓦兹省。

益的男人。我们呢，却感到轻松了，就让这两个坏家
伙见鬼去吧！

4月18日　星期日

今天，我在饭馆里得知我的家乡不再叫作布列
塔尼了。从今往后，它叫作伊勒-维莱讷省，这名字
是根据从那里流过的两条河流名称而取的。代表先生
们就是这样做的决定。他们刚刚就新政下重新划分的
八十三个省的命名达成了一致。以前的旧省们，再见
啦！以后再也没有诺曼人、勃艮第人、外省人、香槟
人了，将来只有法国人这一种称呼了。饭馆的客人们
一边喝汤，一边认真地听福赦老爹念报纸上登的各省
名单。读完后，饭馆里立刻炸开了锅。每个人都想
知道自己家乡的名字被改成什么了，以便马上发表
评论。

6月26日　星期六

太好啦，我又有纸啦！我们这个区的纸品店一家接一家地关门了，马塞兰答应陪我到对岸的拉丁区找一找。

"但有一个条件！"他硬邦邦地说，"就是要从教规街的科尔得列俱乐部那边走，那可是个新开的俱乐部！"

其实，无论他提什么条件，我都会答应的，因为我实在太需要纸张了。近两个月来，我都没有纸可以写字了。

在这么长的一段时间里，又有了许多变化！从哪儿开始写呢？据《人权宣言》里的内容，以后不再有贵族了。不可能这边嘴上说"平等"，那边路过大老爷、主教阁下或是各位殿下身边时还要卑躬屈膝！现在，这些人和我们一样啦。

大家想要把这个消息传遍城里的每个角落。很快，人们拿起锤子，毫不犹豫地朝那些代表贵族的标志砸去，如各种家族纹章、冠冕、精美大宅三角楣上装饰的铭牌等等。今天下午的大街上，到处都在敲打拆毁这些标志，尘土漫天飞扬。一个贵族的影子也见不着，反而有很多看热闹的人在发表意见或是拍手称道。马塞兰说这很重要，因为这一切都会在人们的脑中发挥作用。

再也没有贵族等级了，再也没有教士等级了……不管怎样，在很长时间内都不会再有了。国民议会决定将教士的所有财富都收归国有。这么做可以充实国库，但并不是所有人都赞成这种做法……人们交头接耳，对此议论纷纷……真想知道布勒伊神父对这件事的看法……

科尔得列俱乐部门口的守卫问都不问就放我们进去了，里面人声鼎沸、无比热闹！各级阶梯上挤满了人，人群中时不时地爆发出雷鸣般的掌声来回应充满激情的演讲者。在这座古老的修道院屋顶下，隆隆作响的吵闹声不绝于耳，要想听清楚讲话的内容得费很大的劲儿。我就只听清了几个词，什么"共和""阴谋""家族""邪恶的女人""那个奥地利女人"等等。

马塞兰彻底被征服了，他专心致志地听他们的演说，眼里满是钦佩的神色。

在我们往回走的途中，他告诉我说最新的思想不断诞生在这个俱乐部里。而正是因为有这些思想的引导，人们才能走得更远……

"难道你觉得革命还没有结束？"我很诧异地问他。

"当然没有！"他边说边举起双手，他对于我有如此天真的想法而感到愤慨……

不过，他的声音马上被卖报人反复吆喝的吼声给盖住了。

"迪歇纳今天大发雷霆。"

马塞兰挤过人群买了一份报纸，立刻贪婪地读了起来，余下的路上都没说话。

7月6日　星期二

再过几天，便是攻占巴士底狱一周年的日子了。居然一年就这么过去了！整个巴黎城里的眼睛都盯着战神广场，人们要到这个广场上去庆祝一番。

上周日，我和妮侬手挽手地刚去那儿溜达过。那里可真是一个大工地啊！农民、自发帮忙的人们用鹤嘴镐、铲子、独轮车等器具忙着挖建一个露天的圆形剧场，中间楼梯直通向国王就座的台上。到时，将有两万多名来自法国各地的联盟派代表参加庆典。他们将代表刚刚创建的各省。这些消息，我是从一位穿着体面、消息灵通的人那儿听来的。

巴黎城里处处洋溢着节日的气氛，很像去年夏末的时候。妮侬脸上慢慢又有了笑意。她不再跟我提起朱斯坦，但当人们提起他，又或是碰见他的时候，妮侬还是会有些慌乱。

7月11日　星期日

大街上小巷里处处都是节日的气氛！星期三那天我们就知道庆祝活动肯定非常精彩。这几天以来，许多巴黎人来到各城门脚下，迎接从四面八方而来的代表们。尽管他们穿着破旧，看起来又热又渴，但这根本不重要！他们被众人当作国王一样来欢迎。人们争相与他们拥抱，给他们递酒，与他们干杯，纵情歌唱。现在，人们口中的歌谣已汇聚成和声在空中久久回响。

啊，一切都会好的，会好的，会好的，

今日的人民会不停复述，

啊！一切都会好的，会好的，会好的，

哪怕反叛者会得逞！

今天下午，我迫不及待地赶去昂费关卡附近守着。据说布列塔尼人就要到了……

"他们来了！他们来了！"

可当听到此起彼伏的叫声时，我反而像个木桩那样钉在原地一动不动了。我的心跳得飞快，我挤了过去……天哪，巨大的失望……他们不是布列塔尼人，而是来自马耶讷省和萨尔特省的代表们！我问了他们其中的一员，他告诉我说布列塔尼的代表再过一两天就到。显然，他们来的地方更远些！

7月14日　星期三

我今天起了个大早。现在，夜已经深了，可我的兴奋劲儿还没过。我要趁瞌睡还没来之前，赶快把今天发生的事记下来。今天真是难忘的一天！

我从未见过那么多的人如此有秩序地聚集在一起。据说有四十多万人呢，真是人潮汹涌啊！尽管狂风大作，骤雨把大家都淋成了落汤鸡，典礼稍显冗长，但是庆祝活动依然很棒。广场上的人们情绪高亢，自然而然的喜悦之情洋溢在每个人的心中。

我们这个街区的人（妮侬、福赦老爹、福赦大妈、迪布瓦太太，还有其他人）早早就来到战神广场。要知道，很多人昨天晚上就来广场上占位子了。这儿根本找不到一块空地，到处都被人占满了。幸好老天开恩，福赦老爹找到了一个熟人，他带我们找到一个地方，那儿既可以看见广场全景，又可以听见所有响动。我们真是太走运了！

当四十门礼炮为迎接国王而鸣、发出震耳欲聋的轰鸣声时，我不禁打了一个冷战。之后的很长一段时间里，到处都是欢呼、喝彩、尖叫声：

"国王万岁！法兰西民族万岁！"

庆典中最庄重的一幕莫过于国王向宪法宣誓的这一刻，至此，庆祝活动达到了高潮。

"我，法兰西人民的国王，我发誓将使用授予我的权力维护、落实各项法律。"

王后也站了起来，把手中抱着的儿子举起来给人群看。这是让人心情激荡的一刻。我周围好多人，无论男女，都流下了激动的泪水。雷鸣般的欢呼声响彻整个战神广场。国王、法兰西民族、法律，三者合而为一了。

第一次国庆节大大鼓舞了民众的人心。各省旗帜（共有八十三面）飘扬在广场中心台上的景象依然浮现在我眼前，三色标志随处可见，裙子上、软帽上、翻领上、卷边上……那天我们回家路上听到的歌词又出现在我脑海里：

啊！一切都会好的，会好的，会好的，

立法者会实现一切⋯⋯

革命万岁！

7月15日　星期四

我到现在都还在颤抖。我的脸颊发烫、双脚火热，我像个疯子那样从皇家广场飞奔回来。我想提笔写字来让自己恢复镇静。纸笔间的摩擦声真像一剂解药⋯⋯

事情是这样的。

妮侬、马塞兰和我以及几个熟人约好晚上去位于杜伊勒利花园另一头的皇家广场那边跳舞。这个时候，要做选择是件很尴尬的事！自昨天起，人们都在用各式各样的活动（阅兵式、水上角力、全城人参加的聚会）庆祝各联盟代表的到来，庆祝活动还将延续好几天。花环、彩色折纸灯笼的光线照亮了乐队的琴谱，于是舞曲响了起来。真幸福啊！在动人的音乐声中，我们随着节奏跳起了法兰多拉舞、加沃舞、萨拉班德舞、奥弗涅民舞，就这样跳了几个小时。大家沉浸在欢乐之中，现实的烦恼不复存在，我们开怀大笑，一点儿都不觉得累。马塞兰一直紧抓着我的手，只要我需要男舞伴，他就马上过来！在两个舞曲的间隙，我坐下休息时，有人从后面轻轻拍了拍我的肩膀。我回头一看，原来是亲爱的马蒂兰·图瓦内勒，他是来自我们家乡的一个小伙子。他被选为我们附近镇上的代表，到巴黎已经三天了。我的天啊！我真是高兴极了。无论是他说话的语调、他所用的词语，还是他告诉我关于家乡的新消息、他这几天重新见到老朋友的事……这一切我都百听不厌，我时不时问他几个问题，在此期间，我好几次粗暴地把邀请我跳舞的马塞兰打发走了。

当马蒂兰同我告别时，我的好心情一下子就没了。我已尽量控制情绪，可还是没法恢复先前的活泼，也没法发出源自内心的笑声了。突然，当我落在人群后面的时候，马塞兰跳了出来。他变得跟之前大不相同。他的脸色苍白，鬓角上流下汗珠。我向后退了一步，他却走得离我更近了，他试图把我抱在怀中，急切地向我解释说他有话要告诉我。可他的呼吸出卖了他：他喝醉了。我也不太清楚他要说什么，但我马上奋力把他推开。

我挣扎了多长时间？我也不知道。我的叫声被音乐声盖住了，人们根本听不到……我绝望极了，最后猛地一下把鞋跟踩在他的脚趾上，终于从他手中逃了出来。他像头受伤的狮子那样大喊大叫，并试图追上我。我沿着杜伊勒利花园狂奔，他不得不作罢。

我丝毫没有放慢步伐。

他的粗暴让我感到害怕。他对我的怒气似乎压抑已久。也许下次见面时，他会忘记这件事了吧。我不知道……我得小心点。他那么暴躁，有可能什么都做得出的。

7月21日　星期三

节日的喧嚣已远去，生活又恢复往常的样子。饭馆里，马塞兰看我的眼神冷淡极了。他的怒气还没有全消。我也很后悔对他那么粗暴。我只要稍微走近他，他的脸色就变苍白了，嘴巴也紧紧地闭上。妮侬告诉我说他被我深深地伤害了。他对我的感情很真挚。可我如果没有感觉的话，就没法勉强自己……我对他只有对兄长的友谊或者情谊。

8月19日　星期四

这几天，酷热难当。一丝风都没有。白天，蓝蓝的天上艳阳高照，直到夜里才有一点点凉爽。

最近，我又开始陪贝尔坦小姐去杜伊勒利宫了。宫里的气氛越来越让人难以忍受。人们怀疑一切。每个动作、每句话、每次来访都能引起议论。似乎每扇门后都有间谍在监视着你的一举一动。仿佛从早到晚，都有人藏在最隐秘的房间里策划阴谋。

图尔泽勒夫人是王室的家庭女教师，她很信任我的老板娘，老板娘也非常同情她的境遇。她向老板娘吐露实情，说自己真为王后担心，要知道，王后日复一日地被外面的恶语中伤。

王后试衣服的时候很随和，她也愿意借机和她最忠诚的制衣商诉衷肠（这些事情都是老板娘告诉我的，我是不允许进入里面的套房的）。

有一次，王后抱怨说她为自己所处的位置感到耻辱，因为她完全就是被关在巴黎的囚徒。她承认说自己也不知道最怕的是什么，也许是随时会闯进来把她抓起来的怒气冲冲的人民，也许流亡海外、不断在谋划夺权的权贵们会把她害得更惨。

我在外面等待的时候，去花园的另一头找奥尔唐斯了，可惜没能找到。别人告诉我说罗雅尔夫人、波利娜·德·图尔泽勒陪她去布洛涅森林里散心去了。不过，我仍然有一次快乐的偶遇：我遇到了王储和他的小狗穆夫莱。他们待在位于水边走廊尽头的小花园里。那是属于他们的地盘。周围环绕着一群对他们漠不关心的守卫，他们在忙着阻止一群乞丐靠近王储。这个棕红色头发的小人儿自顾自地走来走去，他天生惹人疼爱的特质似乎并未改变。一个刚从他那里乞讨成功的女乞丐喊道：

"啊！陛下，我幸福得像王后一样啊！"

正在看玫瑰花的王储听到后抬起头来说：

"幸福得像王后一样！我认识一个王后，可她整天都在哭泣！"

这句话让在场的人无不感慨万千。

12月6日　星期四

今晚，我重新拿起搁置已久的笔。写字真的能帮我减轻如同大石一般压在心口的压力，还是恰好相反，只会徒增我的焦虑，让我更忧伤呢？

我觉得好累，总有很多事得照顾到。迪布瓦太太遭遇意外事故，我得替她打点租房的事宜；路易松回来了，急着继续学写字；现在，妮侬病倒了，她得了间日疟……

我和福敕大妈一起轮流照顾她，喂她喝点汤。大家都很伤心。可怜的妮侬嘴都张不开了。她额头上、太阳穴附近不停地冒着冷汗。附近的外科医生、药剂师都来过了，一个个都是无能为力的样子。让他们的药水、药膏、煎剂都见鬼去吧！

12月13日　星期一

我摘下帽子，向圣母玛利亚祈祷，求她救救妮侬。她的情况越发糟糕了。马塞兰认为她一定会好起来的。其实，他的妹妹非常虚弱，情况相当不好。

好难过！我在缝纫车间里常常忍不住流下泪来。韦莎尔小姐看得出我正在备受煎熬，她并没责怪我，看我的眼光里充满善意。我的动作迟缓，下针也不如以往那么麻利。

12月24日　星期五

妮侬离开了我们。就在今天，圣诞前夜的下午，

132

她死了。我跑去圣罗什教堂找神父，还好他及时赶到了……他在妮侬滚烫的前额上画了一个十字，之后她便离世了。我今夜给她守灵，我们这个街区认识她的、在饭馆里见过她的人都来了。马塞兰沮丧极了，他本来还以为一切都会好起来的！我根本没法靠近他，他像头受伤的狮子一样，而我呢，心里也充满了悲伤。

12月27日　星期一

现在，妮侬已经长眠于圣玛格丽特墓地了。今天上午，在凛冽的寒风中，我们把她送到那儿去了。晚上，巨大的哀伤向我袭来……我脑子里一片混乱。

马塞兰很伤心。难道这是他今早责怪教士什么也做不好的原因吗？首先是洗礼证书出了点问题。他找遍了妹妹遗留下来的物品也没找到洗礼证书。当神父表明没法相信他的话时，他的情绪就更激动了。马塞兰要想把妹妹安葬在教堂旁边的墓地，就得遵循宗教仪式，他必须得出示妹妹的洗礼证书。幸好我最后在妮侬的房间里找到了这张证书。当马塞兰得知这个要严格按规定办事的神父是如此冷漠时，忍不住大发脾气。这个死板的神父和很多人一样，拒绝宣誓效忠于民族、法律和国王！福赦大妈赶快过来劝解，好不容易才让马塞兰平静下来。在葬礼结束时，马塞兰立刻对神父表明，自己不该找他而应该找一位宣过誓的教士来主持葬礼。

1791年2月22日　星期二

城市里弥漫着一种让人越来越感到厌恶的气氛，局势非常紧张。目前，人们分别站在两个阵营中。这边的保王党人拼命摧毁新的秩序，那边的革命党人则不惜一切代价誓将革命进行到底。除了这两者之外，还有别的什么吗？没有了。真的几乎没有什么！我不参与任何一方，因为我既不是一个反对革命的人，也不是一个激进的革命分子。革命正在进行中，就让我们拭目以待吧！

饭馆里，我感到大家的嗓门越来越大。反对保王的思想获得广泛的认可，人们都不愿意妥协，将革命成果拱手相让。人与人之间的防备、猜疑不再只停留在杜伊勒利宫墙内，而是蔓延至整个城邦。就连在缝纫车间这种人多嘴杂的地方，我都发现大家开始变得小心翼翼了……

3月7日　星期一

我快要站不住了，手也快拿不住笔了。我刚经历了一件极其可怕的事情！我发现自己陷入了一个可怕的骗局之中！

为了把整件事情讲得清楚些，我还是从头开始说吧……是这样的……

我先得把门顶好以防有人进来。已经有太多的不幸了，不能再增加别的不幸了。迪布瓦太太怎么了？我的上帝啊，我忘记帮她把汤给热一热了。她真可怜！

好了，现在我终于可以静下来了。这个时候，再没什么会来打扰我了。

今天下午，我如约去杜伊勒利官为王后送交两条定制的裙子。我被领到前厅等候王后召见的时候，看到宫里突然乱作一团。一眨眼的工夫，王后惊恐万状。宫里响起的枪声、叫声以及各式马车都让我回想起之前发生的那些可怕的场景。事情总得有个定论，人民包围了宫殿！这样的情况已经不是第一次了。宫里已经数次紧急关闭国王、王后的套房，好让他们不受到民众的攻击。仆人们对此早已司空见惯，他们不慌不忙地把我引到一个角落里安身。不一会儿，官里又恢复了平静，我偷偷地试着溜到长长的过道上去。我刚探出身子，肥壮的冈庞夫人就朝我扑了过来！她像发了疯一样，一边慌张地朝四周看，一边把我拖到门后面。

"小姐，奥尔唐斯告诉我说您是非常可靠的人。"她压低声音悄悄地说。

"我敢肯定，您一定会帮我们这个忙的……拿好这张条子，把它送到外面去。明天下午三点，当钟声响起的时候，会有人等在王宫那儿，就在科拉扎咖啡馆对面的拱廊下面。他会救国王、王后的命的。"

我还没来得及回答，她就消失了。

我的心怦怦直跳，还没搞清楚到底是怎么一回事，然后就朝出口处走过去，那边好像还安静点儿。

从这一刻起，我彻底迷惑了。该怎么办呢？执行冈庞夫人的命令就得冒着被认为是反革命分子的危险，更糟的是还有可能被认为是阴谋分子……如果把这张条子给烧掉，装作从来没收到过一样，那就有可能会连累到我的老板娘……

我把这该死的字条紧紧攥在手心里……我猛地一下打开字条想看看上面写的内容。什么也没有。一个字、一个词都没有！这个讨厌的冈庞夫人到底在搞什么名堂？我把字条凑得离蜡烛近一些……这下子，我慢慢看到一行棕色的字：

　　你们做好准备。埃克瑟·德·费尔森伯爵[1]很快会通知你们的。玛丽·安托瓦内特。

　　我像是被雷电击中一般浑身颤抖。我在这件事上都做了些什么啊？我是不是他们的同谋？玛丽·安托瓦内特王后在筹谋什么呢？

凌晨3点钟

　　我辗转反侧，无法入眠，也无法平静下来。我会变成什么人呢？我害怕得直打哆嗦，牙齿咯咯作响。

---

① 译注：费尔森（1755—1810），瑞典元帅、外交家、政治家，长期生活在法国宫廷，与王后玛丽·安托瓦内特关系密切，法国大革命期间，帮助国王一家外逃。

3月8日　星期二

我的活儿干完了，心里却丝毫没有轻松的感觉。熬过昨晚的不眠之夜，我起床的时候下定决心把字条送到王宫。白天时间过得很慢。教堂钟声一响，我就竖起耳朵仔细听。我在等所有女学徒都离开后再走。这样，就保证不会有人跟在我后面了。我沿着黎塞留街往上走，心脏跳得越来越快。时间到了，我来到科拉扎咖啡馆门前，惊讶得说不出话来。一个年轻、笑容可掬的女子在向路过的行人兜售蜂蜜花水，她朝我走了过来。我朝她那边走了一步，心里踌躇不安，我回头一看，随即看到了马塞兰的背影，他正和两个年轻女孩讲话呢。我的脸唰地一下变白了，身体不由自主地朝后退了一步。年轻的卖水女递给我一大杯蜂蜜花水，然后她的食指悄悄地抓了抓我的手心。确定无疑了，她就是负责传递信息的人！我喝完水，把字条放在杯底还给了她。她很快就没了踪影。我回阿扎尔街的路上，有好几次都觉得有人跟在我后面。可我每次回头看的时候，却不见什么人影……真是太奇怪了。

3月20日　星期日

今天马塞兰到饭馆来了。他是故意带着新结识的姑娘们来我面前嘲弄我的吗？看到他和玛丽、阿黛尔同桌而坐的时候，我还是很震惊的。她们俩就是跳槽到博拉尔店里的阴险小人。我仔细回想，那天递送字条的时候，在科拉扎咖啡馆门前和马塞兰说话的人是不是就是她们俩？

5月19日　星期四

昨天有人翻查过我的房间。床上的草褥被翻了个遍，我的褡裢也没有幸免，五斗橱抽屉里的东西被全部倒了出来。我到现在情绪仍不能平复，连写几行字都觉得吃力。现在，我觉得无论是白天还是黑夜，总有人时时刻刻在监视着我。有谁会对我和我平凡的日子感兴趣呢？一个想要偷我微薄积蓄的小偷？一个受雇于某党派或是重要人物的间谍？我不知道。恐惧慢慢地摧毁我，我的心里害怕极了，根本无法保持冷静……幸好，我的钱和我的日记都藏得好好的。迪布瓦太太向我保证会盯紧点，更加留意往来的人。可我还是不能完全放下心来。

6月21日　星期二

自今天上午起，整个巴黎城都在谈论一件事：国王夜里化装成普通人家的父亲，带着王后和孩子逃跑了。图尔泽勒夫人、伊丽莎白夫人和三个保镖与他们一起逃走。

人们聚集在一起对此议论纷纷。每个人脸上都是慌乱的神情。指责声也越来越响。国王居然敢抛弃他的臣民！真是奇耻大辱啊！

我现在终于明白字条上写的内容是什么意思了……逃跑计划是由王后一手策划的，她的朋友费尔森伯爵则负责实施。

我没法把这些告诉老板娘。韦莎尔小姐告诉我说她前天去德国了，还不知道什么时候回来。她的出行与王后的逃跑可有关联？也许吧！她还会回来吗？没人知道！

街上熙熙攘攘的人群向我拥来，我随他们一起渐渐失去理智。不过，我头脑里还是有一丝清醒的意识的。国王的逃跑事件后果非常严重。它有可能把革命推向不好的一面……人们都这么说。我觉得他们是对的。现在呢，我得把日记本藏好……尽快把它们转移到别的地方去……将来有一天，我遇到麻烦时，即便是有坏人读到……也没人能看懂。

尾　声

几年前，在一个多雨的夏日，凯迪亚克镇本堂神父住所迎来了新主人。他们的孩子们无意中发现了这些日记。泛黄的纸包住日记，上面写着："布勒伊神父——伊勒-维莱讷省凯迪亚克镇本堂神父收"。日记被收在一个大箱子底，完好无损地保留了下来，这可真是个奇迹啊！要知道这儿的老鼠可不是省油的灯，它们可勤劳了，还爱阅读呢……1791 年 6 月，露易丝明明是把这些日记留在自己的藏身处的，可它们是怎么来到这儿的呢？日记本是在什么情况下被运回布列塔尼交给布勒伊神父的呢？这些问题迄今无人知晓。

法国大革命：十年动荡

1789年春天，民众多年来累积在心中的愤怒终于爆发了出来。占法国人口总数96%的农民再也无力负担名目繁多的苛捐杂税，资产阶级则深受启蒙思想家伏尔泰、卢梭等人影响，赞成人人生而自由、三权分立等观念。面对享有特权的贵族阶层，普通民众深感不公；王室开支庞大、挥霍无度，以致国库空虚；再加上财政危机和严重的政治危机，法国社会需要大革命来完成转型。

1789年6月，在凡尔赛宫金碧辉煌的大厅内，第三等级的代表们（资产阶级、手工业者、农民）要求废除各项特权与赋税。他们凭借着雄厚的力量，直接与国王、权贵阶层、部分神职人员发生冲突。7月14日，大革命蔓延至巴黎街头，这也标志着人民走上历史舞台。人民占领巴士底狱后，大革命越发朝武力夺权的方向发展。革命的烈焰席卷了整个法国。在大恐慌期间，农民们纷纷拿起武器保卫家园。大革命最终废除了旧制度，并为建立一个全新的法兰西奠定了基

础。新法兰西的宪法在代表新世界的基本原则《人权
和公民权宣言》发表之前就明确规定自由、平等的原
则和方针，自此，举国沸腾。无论是在巴黎城还是在
外省各城，人们每天都可以看到新报刊、新政治党团
问世。许多人在报上或是在党团中热烈地评论国民议
会的各项决议。

　　国王路易十六面对前所未有的动荡局面采取消极
对抗的态度。迫于民众的压力，他意识到必须得离开
凡尔赛宫。10 月 6 日，他携家人搬至巴黎的杜伊勒利
宫。在那儿，他们的所有行为都在监控之下。1790 年
7 月 14 日，联盟节那天，尽管路易十六当着兴高采
烈的三十万民众发誓遵循宪法，但他暗地里仍企图夺
回君权。1791 年 6 月 20 日，他企图逃亡到国外，但
在瓦伦纽斯①被抓并押送回巴黎。随后，普鲁士人与
奥地利人入侵法国，革命进入最黑暗的时期，革命成
果险些不保。法国大革命致使法国君主政体分崩离
析（其标志为 1792 年 8 月 10 日，攻占杜伊勒利宫），
宣布确立共和制（这是国民公会的首项决议），并于

---

① 译注：位于法国皮卡第地区的索姆省。

1793 年 1 月 21 日对路易十六执行死刑。为了解决困住法国的各项难题（主要是保王党人发动的暴动），从代表中脱颖而出的最勇敢的斗士们（即被后人称为山岳派）竭尽所能：消灭了吉伦特派，拥护协议，创立公安委员会。在雅各宾派领袖罗伯斯比尔的统治下，"恐怖时代"① 到来，执政者展开围捕，把大革命的敌人们毫不留情地送上断头台。最后，敌军前进的步伐被止住，然而战火不仅没有熄灭，却还延续至 1795 年接替国民公会的督政府时期。大革命的另一功绩是促使革命思想传播至境外。不过，大革命的思想后来主要为拿破仑所用，他也以此为借口通过武力夺取了政权，这就是共和八年雾月十八日政变（1799 年 11 月 9 日），史上简称"雾月政变"。至此，法国大革命落下了帷幕，拿破仑时代开始。

① 译注：恐怖时代是指法国大革命时期从 1793 年 5 月到 1794 年 7 月这一阶段，又称"雅各宾专政"时期。

大事年表

1789 年

4 月 27 日：巴黎发生骚乱，雷韦永工厂被洗劫一空。

5 月 5 日：全国三级会议开幕。

6 月 4 日：路易十六长子过世。

6 月 17 日：国民议会宣言。

6 月 20 日：网球场宣誓。

7 月 14 日：攻占巴士底狱。

7 月至 8 月：乡村弥漫"大恐慌"。

8 月 4 日：废除所有特权，取消一切封建权利。

8 月 26 日：《人权和公民权宣言》发布。

10 月 6 日：人群拥至凡尔赛宫，迫使王室返回巴黎。

11 月 2 日：神职人员财产充公。

12 月 22 日：划分省份。

1790 年

7 月 12 日：《教士的公民组织法》获得通过。

7 月 14 日：巴黎的战神广场上举行了联盟节庆典。

1791 年

6 月 20 日至 25 日：王室潜逃，于瓦伦纽斯被捕。

7 月 17 日：国家卫队向战神广场上的人群开枪。

10 月 1 日：新立法议会召开会议。

1792 年

2 月 9 日：流亡（国外）贵族财产充公。

4 月 20 日：法国向波西米亚与匈牙利皇帝利奥波德二世宣战。

5 月 27 日：制宪议会针对拒绝宣誓效忠民族和法律的教士颁布法令。路易十六反对此法令。

7 月 11 日：制宪议会宣布国家进入危险期。

8 月 10 日：民众武装暴动。杜伊勒利宫被占领。

8 月 13 日：整个王室被囚禁在丹普尔宫。

9 月 2 日至 5 日：法国各监狱中发生大屠杀。

9月20日：法国军队在瓦尔米镇阻止普鲁士人的入侵。

9月21日：王权被废除。国民公会上台。

9月22日：法兰西第一共和国成立。

1793年

1月21日：路易十六在巴黎的革命广场被斩首示众。

3月：保王党人开始发起暴动。

3月10日：革命法院成立。

4月6日：公安委员会创立。

9月17日："恐怖时代"开始。

10月16日：玛丽·安托瓦内特被送上断头台。

1794年

2月4日：废除殖民地奴隶制。

5月8日：至高无上者节日。

7月27日：热月九日政变。罗伯斯比尔被捕，并于次日被送上断头台。"恐怖时代"结束。

1795 年

4 月至 5 月：革命进入尾声。

6 月 8 日：官方证实路易十七死于丹普尔宫中。

10 月：新的政府机构督政府上台。

1796 年 4 月 10 日：拿破仑将军指挥的意大利战役开始。

1798 年：拿破仑远征埃及。

1799 年 11 月 9 日至 10 日：共和八年雾月十八日，拿破仑发动"雾月政变"。

词语解释

专制政体：国王签署一封印有他的印封的御旨就可以把反对者送入巴士底狱。随着巴士底狱被攻占，旧制度赖以生存的君主极权也走向终结。

昂费关卡：1789 年，进出巴黎的所有城门下设置了 19 个关卡。凡是运至巴黎城中的货物都被强制征税。昂费关卡位于现在的当费尔-罗什罗广场上。

颠茄：一种植物，有止痛的功效。

共和国日历：又称法国大革命历法。1793 年 10 月 21 日由国民公会制定，并使用至 1806 年 1 月 1 日。在该历法中，每个月份都有一个新的名字（如：雾月、芽月、热月……）。

实物地租征收人：负责征收实物地租的人，该地租由贵族根据收成来征收。

科布伦茨、曼海姆：现为德国城市。

帽徽：佩戴在纽扣上或是帽子卷边上的徽章。革命帽徽包含三种颜色，白色（代表王权）、蓝色和红色（这两种颜色代表巴黎）。

公安委员会：由国民公会的代表创建，于1793至1794年，即"恐怖时代"期间，在罗伯斯比尔的领导下负责围捕行动。

流亡者：为躲避法国大革命而逃亡到国外的法国人。1792年，国民议会投票通过将这些流亡者的财产充公的决议。第二年，颁布法令规定对有可能返回法国的流亡者也立即执行财产充公。

至高无上者：大革命时期（1793—1794），因人们开始抛弃基督教信仰，故以此称呼来代指"上帝"。公众通过公民节庆来向上帝表达敬意。

间日疟：一种恶性流感。

卖报人：流动卖报商贩，这种报纸只有一页，是现代报纸的鼻祖。

吉伦特派：政治上较为温和的一个党派。国民公会中的代表人物有：布里索、罗兰、韦尼奥。该党派主要由来自外省的吉伦特人组成。

大恐慌：1789年夏，农民们因惧怕贵族们策划的阴谋，纷纷拿起武器，攻占贵族们的府邸，毁坏记录农民应交赋税的登记簿。

巨钟：教堂内的巨型大钟，唯有发生重大事件时才会被敲响。

古币：法国古代的货币，一枚相当于20苏。

山岳派：在国民公会中坐在左边、最高处的党派（就像在"山头"上一样，"山岳"由此而来）。罗伯斯比尔、丹东、马拉都来自该党派，他们是拥护共和政体的狂热分子。1793年6月，山岳派竭尽所能地清除他们的对头吉伦特派。

佩剑绸结：大型正式庆典时，贵族们会穿上特殊的服饰。他们的佩剑上会系着白色的绸结来装饰。

旧时社会等级：1789年，法兰西王国由三个等级的人组成，他们是：神职人员、贵族和第三等级。每个等级中都会选举出相应的代表来参与国家大事。

祭饼：用轻薄的面粉制作成的糕点。

山楂面包：用剩余面粉做成的面包。谷糠面包是指用掺了麸皮的麦面做的面包。戈耐丝面包是指质量较好的一种面包。

一脚之长：长度单位，约为32厘米。

宣过誓的教士：宣誓遵守宪法的教士，与拒绝宣誓的教士不同。

共和制：没有国王的政体。

圣伊夫：布列塔尼地区的主保圣人。

手摇弦琴：一种弦乐器。

卡米尔·德穆兰（1760—1794）的肖像

身为律师的巴黎人德穆兰通过演讲和写作对早期的革命行动产生了巨大影响。他后来成为吉伦特派内阁司法部长丹东的秘书，并入选国民公会，后遭罗伯斯比尔所领导的救国委员会逮捕，1794 年被送上断头台。

攻占巴士底狱

1789 年 7 月 14 日，巴黎人民认为巴士底狱内藏有武器，便向这座拥有八座高塔、四周挖有护城河的国家监狱发起进攻。巴士底狱一直被认为是法国封建统治的象征，攻占巴士底狱这一事件宣告了人民已战胜王权。

书和电影

《法国大革命》，弗雷德里克·卡扎德絮著，芒戈出版社

《玛丽·安托瓦内特，凡尔赛宫里的奥地利公主》，卡特琳娜·拉斯奇著，"我的故事"丛书，伽利玛青少年出版社

《法国历代国王与王后辞典》，布里奇特·科潘与多米尼克·若利著，卡斯特曼出版社

《法国大革命》（上、下卷），导演：罗贝尔·昂里科，主演：弗朗索瓦·克鲁塞、让-弗朗索瓦·巴乐梅、克洛蒂亚·卡尔迪那尔

《傲慢的博马舍》，导演：爱德华·莫里纳诺，主演：法布里斯·鲁契尼，桑德琳娜·齐备兰

　　《笑料》，导演：帕特里斯·勒孔特，主演：查尔斯·贝尔林，让·罗什福尔，法妮·阿尔丹